Rainer Bressler, Jurist im Ruhestand und Schriftsteller, geboren 1945, ist Schweizer und lebt in Zürich. In den Jahren 1980 bis 1993 profilierte er sich als Hörspielautor, dessen Hörspiele von Radio DRS produziert und ausgestrahlt wurden.

Bisherige Veröffentlichungen:
7 Hörspiele:
Tom Garner und Jamie Lester; Morgenkonzert; Folgen Sie mir, Madame; Aufruhr in Zürich; Nächst der Sonne; Geliebter / Geliebte; Gaukler der Nacht; Beinahe-Minuten-Krimi
Produziert und ausgestrahlt in den Jahren 1979 bis 1993

Geliebter / Geliebte. 8 Hörspiele, Karpos Verlag, Loznica 2008

Privatzeug 1856 bis 2012. Versuch einer Spurensuche, 5 Bände:
Spur 1 Reisen; Spur 2 Spielen; Spur 3 Schreiben; Spur 4 Dichten; Spur 5 Weben
BoD 2012 bis 2016

Pink Champagne, satirischer Roman, BoD 2020
Schattenkämpfe, Roman, BoD 2020
Kraut & Rüben, Kurzgeschichten, BoD 2020
Reise-Impressionen, Erzählungen, BoD 2020
Fenstersturz, Krimi-Satire, BoD 2020
Texturen, Krimi-Satire, BoD 2020
Theaterstücke Band I bis …, BoD 2020

Rainer Bressler

Theaterstücke Band III

Trilogie
über gute Menschen der Gegenwart

Marie Kalann

Die Jungs von Stratte 05

Der Salon des Monsieur Westbury

3 Farcen

© 2020 Rainer Bressler

Lektorat und Korrektorat: Rainer Bressler
www.rainerbressler.ch
Umschlagbild: Rainer Bressler, Masken, Aquarell 1973

Aufführungsrecht der Theaterstücke beim Autor

Herstellung und Verlag: BoD – Books on Demand,
Norderstedt

ISBN: 978-3-7526-0650-8

Bibliografische Information der Deutschen
Nationalbibliothek:
Die Deutsche Nationalbibliothek verzeichnet diese
Publikation in der Deutschen Nationalbibliografie;
detaillierte bibliografische Daten sind im Internet über
http://dnb.dnb.de abrufbar.

Der Salon des Monsieur Westbury

Szenische Folge unserer Tage,
eingebettet in die vier Jahreszeiten,
belebt6 von sechs interessanten
Persönlichkeiten, zwei Bediensteten
und etwas Fussvolk

Farce

Personen	Westbury, fröhlicher Ironiker, 37
	Der Kleine, bodenständiger, hübscher Junge, 23
	Amédé, blasierter Butler comme il faut, 47
	Mathilda, bescheidene Aristokratin, 43
	Laconque, zurückhaltender Bonvivant, 42
	Jocelyne, femme fatale, 36
	Varnaga, fröhlicher Forscher, 43
	Andrea Doria, geheimnisvolle junge Frau, 29
Ort	In der schönsten aller Welten in einem neu restaurierten, prachtvollen Schloss und dessen Paradiesgärtlein
Zeit	Sollte man mit der Gegenwart jemandem auf die Füsse treten, dann, zum Beispiel, Frühling bis Winter 1928

Il n'avait certainement pas l'intention de jouer un personnage: il était simplement comme ça, et ne pouvait autrement; c'était par ailleurs l'homme le plus gentil, le plus doux du monde, dénué de vanité absolument.

Michel Houellebecq, Soumission, Flammarion 2015, E-Book Position 2978

Ich denke nicht, dass die Unruhen in England, die Revolten in Italien und die acampada in Spanien als notwendige Ausdrucksformen der Revolution verstanden werden sollten, denn diese Bewegungen treffen nicht wirklich in das Herz der Macht. Viel eher müssen sie als Formen der psychoaffektiven Wiederbelebung des gesellschaftlichen Körpers verstanden werden.

Franco „Bifo" Berardi, Der Aufstand: über Poesie und Finanzwirtschaft, englischsprachige Originalausgabe 2012, Matthes & Seitz Berlin 2015, E-Book Position 833

VORSPIEL

Prunkräume eines Schlosses

Eine für die später stattfindende, feierliche Eröffnungszeremonie festlich gekleidete Gesellschaft, folgt Amédé durch die Prunkräume eines aufs Prächtigste renovierten Schlosses.

Szene 1

Amédé, Laconque, Mathilda, Varnaga, Jocelyne

Amédé weist gestisch auf dies und das hin. Laconque, ein Pfau, der sein Rad schlägt; Mathilda, erschlagen von dem, was sie sieht; Jocelyne, das Schloss bloss am Rande zur Kenntnis nehmend, verliebt in ihre Schuhe; Varnaga, vergnügt und fröhlich um sich guckend.

Laconque	Mathilda-Schätzchen, was sagst du nun?!
Mathilda	Ich bin. Ich bin platt. Ich bin.
Laconque	Freust du dich?
Mathilda	O ja doch. Ich freue mich riesig. Doch was kommt nun?
Laconque	Keine Sorgenfalten auf deiner Stirn, Mathilda-Schätzchen. Ist es nicht toll, dass das geschichtsträchtige Erbe deiner berühmten Familie dem Volk gewidmet wird! Und du hast keine Arbeit damit. Nathanael Westbury bezahlt alles. Ein Menschenfreund. Und du wirst Präsidentin der Stiftung „Der Salon des Monsieur Westbury", die das Unternehmen betreibt und Schloss und Park für das Volk öffnen wird. (*zu Amédé*) Ist es schon so weit, dass …
Amédé	Ich werde sie rufen, sobald Monsieur Westbury sie im Paradiesgärtlein erwarten wird.

Amédé, Laconque und Mathilda ab

Szene 2

Jocelyne und Varnaga

10

Jocelyne	Hoffentlich bleiben wir schön auf dem Weg und im Paradiesgärtlein. Muss ich in den Dreck treten, sind meine Schuhe ruiniert.
Varnaga	Hoffentlich ist Westbury so blöd wie versprochen. Ich muss ihm noch eine Unterschrift abluchsen.
Jocelyne	Hoffentlich nicht so blöd, dass seine Unterschrift ungültig ist! – Oder findest du, meine Schuhe unpassend für diese Begrüssung im Paradiesgärtlein? Dann könnte ich rasch zurückgehen und. Was, übrigens, ist Sonquark?
Varnaga	Nichts. Wie kommst du darauf, Schätzchen?
Jocelyne	Trotz der High Heels, du, Darling, diese Schuhe sind total bequem. – Was hast du soeben gesagt?! Westbury hat noch nicht unterschrieben und ihr feiert bereits?!!!
Varnaga	Schschsch.
Jocelyne	Männer, ach! Das Schloss ist schön. Ich hoffe bloss, dass ihr den ärmsten Westbury nicht ausnehmt und mit den Finanzen ein krummes Ding dreht!

Wer beschissene Beziehungen hat, kann nur eine beschissene Politik machen.

Unsichtbares Komitee, AN UNSERE FREUNDE: NAUTILUS FLUGSCHRIFT, Edition Nautilus Verlag Lutz Schulenburg Hamburg 2015, E-Book Position 1742

Das Hinterhältige am Konzept der „Gesellschaft" ist, dass sie der Regierung stets dazu diente, das Ergebnis ihrer Tätigkeit, ihrer Operationen und Techniken einzubürgern; sie als das konstruiert, was wesensmässig schon vor ihr bestanden hätte.

Unsichtbares Komitee, AN UNSERE FREUNDE: NAUTILUS FLUGSCHRIFT, Edition Nautilus Verlag Lutz Schulenburg Hamburg 2015, E-Book Position 1811

FRÜHLING

Paradiesgärtlein

Szene 1

Westbury, der Kleine, Amédé

Mitten im Park das Paradiesgärtlein, im Hintergrund das Schloss, rechts vorne, nicht einsehbar vom Paradiesgärtlein her, ein Pflaumenbaum und weites Land. Westbury und der Kleine werden von Amédé verfolgt und heimlich beobachtet. Der Kleine trägt auf seinem Rücken einen Rucksack, aus dem ein Spaten schaut, und hat ein Notizbuch bei sich, in das er oft etwas notiert.

Der Kleine	Das dürfte es sein. Da sind wir! Schrecklich dieses Haus!
Westbury	He, he, he, ein Schloss!
Der Kleine	Alter Krempel! Wen interessiert sowas! Doch das Land, diese Weite. Ich geh mal. (*Westbury hält ihn zurück*) Ich will das Land anschauen. Rosenkohl anpflanzen. Ist dein Land. Kann ich machen, was ich will.
Westbury	Ich kann, was ich will.
Der Kleine	Okay, kannst halt du machen, was du willst. (*auf das Schloss zeigend*) Du spinnst, dich für diesen Quatsch zu engagieren! Du magst Rosenkohl, oder etwa nicht? Hier brauchst du mich nicht. Ich und deinen Diener spielen! Okay, okay, denen zeigen wir es! Ich halte meine Klappe. Seit du dieses Clown-Kostüm angezogen hast, seit wir uns verkleidet haben, bist du so. Okay, okay! Keine Sorge, ich mache mit. Ich habe es dir versprochen. Wir geben ihnen schön was auf den Deckel! – Bist du nervös? Verstehe ich. Wäre ich auch an deiner Stelle. Ist ja nur bis heute Abend, dann. Obacht, da kommt dieser Clown.

Szene 2

Westbury, der Kleine, Amédé

Amédé tritt hervor.

Amédé	Monsieur Westbury, Prinzessin Mathilda, …
Westbury	Nat Nat Nat
Amédé	… Directeur Laconque, Madame Varnaga und Professeur Varnaga freuen sich riesig, ihnen, dem Wohltäter, dem Mäzen, der die Restauration des Schlosses ermöglicht hat und dessen Öffnung für das Volk im Rahmen von „Der Salon des Monsieur Westbury" …
Westbury	Nat Nat Nat
Amédé	… betreiben wird, endlich persönlich zu begegnen.
Der Kleine	Nat, Nathanael, ist es nicht gewohnt, als „Monsieur Westbury" angesprochen.
Amédé	Sie werden gleich hier sein. – Das ist unser Paradiesgärtlein. Sie haben es gefunden. Ist es nicht herrlich! Dank - gestatten sie mir die Bemerkung, Monsieur Westbury – , dank ihrer …
Westbury	Nat Nat Nat
Amédé	… finanziellen Grosszügigkeit. Was wären wir hier in der alten Welt, ohne ihre so grosszügige finanzielle Unterstützung, Monsieur Westbury.
Westbury	Nat Nat Nat
Amédé	Ach, Professor Varnaga. Der ungestüme Forscher, das Gegenteil von einem zerstreuten Professor. Lassen sie sich, Monsieur Westbury, nicht …
Westbury	Nat Nat Nat
Amédé	… von ihm überfahren.

Westbury, der Kleine, Amédé, Varnaga

Varnaga	Monsieur Westbury, nehme ich an. Richtig!
Westbury	Nat Nat Nat
Varnaga	Ich bin der alte Varnaga, der ausrangierte Forscher, der es nicht ganz lassen kann. Ari. Ich bin Ari, finde ich total okay. Nat, so schön. So sympathisch, dieser vertrauliche Umgangston, nicht wahr? Bloss eine kleine Formalität. Mr. Procter von Procter & Procter & Procter hat mit ihnen, wie er uns berichtet, über das Ausmass ihres Engagements für das Projekt „Der Salon des Monsieur Westbury" gesprochen, die Einzelheiten des Verkaufs von Warsoi an sie, die Errichtung der Stiftung „Der Salon des Monsieur Westbury" und ihre grosszügige Zusage der Übernahme aller Betriebskosten, wofür sie im Gegenzug die Nutzung des Schlosses Warsoi und der Ländereien erhalten, geregelt, wofür wir Mr. Procter von Procter & Procter & Procter unendlich dankbar sind, weil das Schloss Warsoi und dessen Erhalt der Prinzessin eine Herzensangelegenheit ist. Wen zieht es nicht zu den eigenen Wurzeln? Warsoi war bis zum Tod ihres Bruders der Stammsitz der Familie der Prinzessin. Mein Freund Laconque, Directeur Laconque, hat die Prinzessin, seine Frau, mit der Restauration

des Schlosses und mit der Gründung der Stiftung „Der Salon des Monsieur Westbury" – ein so stilvoll-gepflegter Name, findest du, lieber Nat, nicht auch? – überrascht. Die Prinzessin ist überwältigt, sprachlos, auch und gerade von deinem spontanen und so gewichtigen – nein, nein, wir wissen deinen Geldsegen zu schätzen, lieber Nat, o ja – Engagement für dieses herrliche „Zurück zu den Wurzeln"-Projekt, das euch aus der neuen Welt doch eher fremd sein mag. Grundsätzlich steht deine Unterschrift unter allen notwendigen Dokumenten. Doch eine Unterschrift fehlt noch. Eine nichtssagende Formalität. Nun, von der Wiege bis zur Bahre. Du kennst es, diese Formulare. In Transköl – zum junge Hunde Kriegen! Hier, eine kleine Unterschrift und alles ist okay.

Westbury   Ein Mann ein Wort / Im Ernst / Ein Schlag per Hand / Reicht er nicht aus / Ein Mann ein Wort / Ich mag nicht Stuss

Varnaga   Wie schön sie es ausdrücken, Monsieur Westbury! Doch …

Westbury   Nat Nat Nat

Varnaga   Nat. Ja, richtig, Nat: Doch wird der Revisor unserer Stiftung mit Bestimmtheit darauf bestehen, dass jede Formalität stimmt. Das hier ist das Siegel des Notars. Er hat bereits unterschrieben im Vertrauen darauf, dass auch du unterschreiben wirst. Ich selber habe diesen bestimmt hundertseitigen Vertrag nicht durchgelesen. Der Notar ist

17

pingelig, er hat den Text Wort für Wort geprüft. Und Mr. Procter ebenfalls. Wir vertrauen Mr. Procter von Procter & Procter & Procter, nicht wahr, Nat.

Westbury	Ja Ari Ja
Der Kleine	Nat, unterschreibe nichts, was du nicht gelesen hast. (*Westbury wirft dem Kleinen einen bösen Blick zu und unterschreibt grinsend*)

Varnaga bedankt sich mit tausend Bücklingen, umarmt Westbury und eilt davon.

Szene 4

Westbury, der Kleine, Amédé

Amédé	Monsieur Westbury, haben sie …
Westbury	Nat Nat Nat
Amédé	… die Capoudreuse in der Eingangshalle gesehen? Eine Capoudreuse, wie sie sich die gnädigen Herren von Warsoi nicht mehr hätten leisten können. Eine so schöne Capoudreuse! Jetzt wieder in unserem Schloss! In Wahrheit die schönste Capoudreuse, die ich je gesehen habe. Barock. Schönster Barock. 1749. Hergestellt im Atelier von John Warenbeck, dem grössten Künstler des Barock. Und wir haben hier diese schönste Capoudreuse aus dem Jahr 1749, signiert von John Warenbeck. Wir sind Glückspilze, dank

ihnen, Monsieur Westbury. Gewisse Leute werden beiläufig in die Unterhaltung einfliessen lassen, dass Prinz Warsowitsch, der Bruder von Prinzessin Mathilda, bis vor drei Jahren 115 Capoudreusen aus dem Jahr 1749, signiert von John Warenbeck, besessen habe, diese Capoudreusen ihn gelangweilt hätten und er sie für ein Trinkgeld weggegeben habe, um sie nicht mehr anblicken zu müssen. Lassen sie sich, Monsieur Westbury, von solchem Geschwätz nicht beeindrucken. Es zeugt nicht von feiner Lebensart. Prinz Paul Warsowitsch hat selbstverständlich nie eine Capoudreuse aus dem Jahr 1749, signiert von John Warenbeck, besessen. Nie! Im Vertrauen, die gnädigen Herren von Warsoi schauten während der letzten Jahrzehnte indigniert über den rieselnden Putz in den bereits geleerten Salons und Gemächern hinweg. Prinz Paul, der Säufer und Bruder der Prinzessin, hat das Schloss noch ganz verludern lassen. Eine Katastrophe!

Westbury   (*in einem wilden Singsang mit breitestem Grinsen im Gesicht*) Ich Tor ohn Macht / Und / Das Schloss in Pracht / O o staun staun / Glotz glotz Protz Klotz

Amédé   (*zum Kleinen flüsternd*) Weiss er sich in Gesellschaft einigermassen zu benehmen?

Amédé reicht Westbury ein Glas Dom Perignon Rosé, stellt die Flasche beiseite — der Kleine ist erstaunt, dass ihm in aller

Selbstverständlichkeit nichts zu trinken angeboten wird und bedient sich selber.

Amédé	Wenn sie gestatten, Monsieur Westbury. Ich schaue, wo die Herrschaften bleiben. (*ab*)

Szene 5

Westbury, der Kleine

Der Kleine lacht, fängt Westburys strafenden Blick ein, schneidet eine Grimasse und unterdrückt weiteres Lachen, so gut er kann.

Der Kleine	Du bist einsame Spitze!
Westbury	Dein Rucksack.
Der Kleine	Ohne meinen Rucksack gibt es mich nicht. Du spielst den Vollidioten. Ich den Freak mit dem Rucksack. Okay? Wir sind ein tolles Paar, oder etwa nicht? Schliesslich kommen wir aus der neuen Welt. Perfekter Boden, da drüben. Lehmiger Landboden. Aussaat von Rosenkohl.

Der Kleine entnimmt seinem Rucksack einen Spaten, hält Ausschau. Westbury wirft dem Kleinen einen bösen Blick zu.

Der Kleine	Okay, okay! Obwohl, ich begreife nicht, weshalb. Du bist so stur. Was würde es ausmachen, wenn ich. Ich habe eigens Rosenkohlsamen mitgebracht.

Der Kleine packt den Spaten wieder ein.

Szene 6

Westbury, der Kleine, Mathilda, Laconque, Jocelyne, Varnaga, Amédé

Amédé reicht den Anwesenden Champagner und wundert sich, dass auch der Kleine ein Glas in Händen hält. Gleichzeitig macht er die Honneurs, indem er Westbury die Herrschaften vorstellt.

Amédé	Madame Jean W. Laconque, née Princesse Mathilda Warsowitschowna. Madame Aristide Varnaga, geborene Jocelyne von Hupfeld. Herr Directeur Jean W. Laconque. Professeur Aristide Varnaga.
Westbury	Was für ein Spass / Ich hab Spass / (*zu Mathilda*) Für mich sind sie Mat / Passt toll zu Nat / Mat und Nat
Mathilda	Ja, ja, ja, Monsieur Westbury.
Westbury	Nat Nat Nat
Mathilda	Das Volk wird es ihnen ewig danken, denn bisher hat es in Transköl keinen selbstloseren Gönner gegeben als sie, Nat.
Westbury	Ich bin dumm und ein Tor / Da macht kein Typ mir was vor / Ein Wort und ich steh stramm / Ich bin so

Laconque geht auf Westbury zu, umarmt ihn, tätschelt ihm eine Wange, zeigt in der Folge demonstrativ Nähe und Zuneigung zu Westbury.

Mathilda	Ohne sie wäre dieses schöne Schloss vor die Hunde gegangen. Ich bin nur eine einfache Frau, doch die Grösse und die Bedeutung ihres Werkes wird selbst mir klar. Und dafür, dass sie mit so viel Herz sich für das Volkswohl einsetzen, werden wir alle ihnen nie genügend danken können. Mein Mann, Jean W., hat mich mit dieser auferstandenen Geschichte überrascht.
Westbury	Ich freu' mich und / Tanz' mit dir / Ins Glück rein!
Mathilda	Süss.

Szene 7

Alle

Andrea D. gesellt sich strahlend zur Gesellschaft.

Mathilda	Leider, leider, werden sie, lieber Nat, uns gleich nach der Eröffnungszeremonie verlassen, wie mir gesagt wurde. Doch im Sommer, im Sommer.
Amédé	Mademoiselle, der Anlass hier ist strikte privat. Die offizielle Eröffnungszeremonie fürs Volk beginnt in wenigen Minuten im Ballsaal des Schlosses. Darf ich sie bitten.
Andrea D.	(*zu Laconque*) Oh, sind sie nicht?!

Der Kleine ist hin vom Anblick der Andrea D., beginnt, mit ihr zu flirten, scharwenzelt um sie herum, was sie amüsiert bemerkt, aber nicht darauf reagiert.

Mathilda	Liebster, du wirst überall erkannt! – Amédé, reichen sie der jungen Dame ein Glas Champagner. Wir wollten sowieso gleich zur Eröffnungszeremonie aufbrechen.
Andrea D.	Besitzer des grössten Industriekonglomerats Transköls!
Laconque	Halt, halt. Ich WAR Besitzer des.
Andrea D.	Erfinder der Initiative „klein aber oho!". – zig tausend Arbeitsplätze weg.
Laconque	Über 200'000! Bloss halb so wild. Meine Fabriken haben dicht gemacht. Wo sehen sie Arbeitslose? Nirgends. Schliessung globalisierter, überflüssiger Industriekonstrukte – sozialverträglich. Es war sozialverträglich gewesen.
Andrea D.	Eine Utopie, die Wirklichkeit geworden ist! In Transköl keine Fabriken mehr mit mehr als 1'000 Beschäftigten!
Laconque	Hüttenmoser von den Christlich-Freisinnig-Liberalen ist der Vater der Initiative „klein aber oho!". Ich habe bloss mit einem unbedeutenden finanziellen Beitrag am Anfang den notwendigen Schub gegeben, dass diese Volksinitiative überhaupt eine Chance hatte. Die ausgedienten Wirtschaftskapitäne und auch ein Teil der Politiker verfluchen mich. Ich hätte die Wirtschaft weg von Wachstum und Profit in die Unrentabilität, in den Konkurs oder ins Ausland getrieben. Alles Quatsch! Das Finanzzeug ist ein virtuelles System und

soll ruhig eins abkriegen. – Wie ist ihr Name?

Der Kleine gibt auf und verduftet, schlägt sich durchs Gebüsch ins weite Land.

Andrea D.	Andrea Doria. – Ich weiss selber nicht, wie ich hierher geraten bin. Es ist mir so peinlich. Francesco Di Rambola war als Pianist im Grünen Saal engagiert. Den Ärmsten hat eine Grippe erwischt und er liegt tief in den Federn. Da fragt er meinen Freund, Luca Kleienhafner, ob er am Flügel im Grünen Saal einspringt. Luca sagt zu. Fragt ob er seine Freundin – das bin ich – mitbringen darf. Luca ruft eigens heute früh im Schloss an und erhält die Auskunft, selbstverständlich dürfe er seine Freundin – mich – mitbringen. Und jetzt bin ich.
Amédé	Herr Kleienhafner hat tatsächlich angerufen und ich habe.
Laconque	Schenker! Sind sie eine Tochter von Schenker? Er hatte oft über seine Tochter Andrea Doria gesprochen. Sie müssen mir alles über ihren lieben Vater erzählen. Gotthold Schenker, ich junger Student, er Altherr in der Verbindung. Kommen sie.

Laconque zieht Andrea D. ins Abseits aus der Sicht der anderen.

Jocelyne	(*flüsternd zu Aristide*) So eine Unverschämtheit. Schleppt das Flittchen vor den Augen der ärmsten Mathilda ab.

Varnaga	Jocelyne!
Mathilda	So ein Zufall, dass mein lieber Jean W. den Papa der niedlichen Andrea Doria kennt. Wie klein die Welt ist. Es gibt niemanden, den er nicht kennt. – Ja, ja, Nat, die Welt ist klein.
Westbury	Klein klein klein / So fein fein fein

Szene 8

Laconque, Andrea Doria

Laconque	Ich bin verrückt nach dir. Mit dir kann ich auf Augenhöhe reden. Du nimmst mich als Mensch, so wie ich bin. Andrea Doria – ich darf dich duzen, oder etwa nicht? – , Andrea Doria, mich hat's erwischt.
Andrea D.	Obacht, Mädchen, jetzt heisst es, aufgepasst!
Laconque	Ich schenke dir ein Loft im Westend, einen BMW i8, monatlich Spesen von 15'000.
Andrea D.	Diskret und klar nur Sex. Sex und nichts weiter. Bin ich echt das Luder, das auf diesen Deal eingeht?!
Laconque	Top!
Andrea D.	Top!
Laconque	Nehmen wir an, du bist von der Presse.
Andrea D.	Nehmen wir an, von diesem Schundblättchen des Boulevards, ALTER KLEISTER.
Laconque	Unterstehe dich, eine Home-Story oder sonst eine vergiftete Enthüllungsstory über

Mathilda und ihren „Salon des Monsieur Westbury" zu verbreiten! Und, kein Sterbenswörtchen, weder zu meiner Frau, noch zu sonst jemandem. Unser süsses Geheimnis. Ich sinke auf die Knie vor dir und … Nein, nein, nicht um um deine Hand anzuhalten. Aber um … Ach, dieser Duft von Frau Frau Frau. Wie glücklich muss dein Hengst, wie heisst er gleich – schiesst auf den Pianisten –, ach ja, Francesco di Rambola, nein, dein Luca, wie glücklich kann dein Luca sich schätzen, dich nach Lust und Laune beschnuppern … Ehrlich, küsst dein Luca besser als ich? (*Er küsst sie nochmals innig*) Unsere Abwesenheit fällt auf. Und schschsch – kein Sterbenswörtchen!

Szene 9

Mathilda, Amédé

Im Abseits

Mathilda	Was mache ich?
Amédé	Mach dir keine Sorgen, Tildchen. Jean W. weiss, was er macht.
Mathilda	Ich sollte mich freuen. Bedauernswert, dieser Westbury. Und Jean W. behandelt ihn wie einen ungezogenen kleinen Jungen. Darf man so mit Menschen umspringen?!

Amédé	Keine Sorge. In rund vier Stunden ist der Spuk vorüber, hauen „Monsieur Westbury" und sein „Diener" ab, mit Ziel Nuku Alofa.

Szene 10

Amédé, Mathilda, Laconque, Jocelyne, Varnaga, Westbury, Andrea D.

Mathilda	Wollen wir nicht?
Andrea D.	Ist es nicht so, dass … Ja, es muss gesagt sein. Entschuldigen sie, Prinzessin, dass ich ihnen ins Wort falle. Sie sind die Initiatorin dieses wunderbaren Projekts für das Volk. Sie haben es angeregt, geplant und so perfekt durchgezogen. Sie sind der spiritus rector des Unternehmens. Entschuldige, Nat, ich will deinen Geldsegen nicht runtermachen, doch die Lorbeeren gebühren der Prinzessin.
Laconque	Bravo, bravo! (*er applaudiert. Alle fallen in den Applaus ein. Mathilda zwingt sich zu einem Lächeln*)
Mathilda	Nein, nein, Andrea Doria. Ich komme dazu, wie die Jungfrau zum Kind. Mein lieber Jean W. und unser lieber Nat haben mein schönes Traumschloss für alle Menschen. – Was gibt es da zu kichern, Jocelyne-Darling?
Jocelyne	Mathilda-Liebes, allerliebst, „mein schönes Traumschloss" – und du wohnst so weit als

möglich weg von hier, in der Stadt. Entschuldige.

Szene 11

Jocelyne, Laconque

Im Abseits.

Laconque	Ich brauche dich.
Jocelyne	Nur über meine Leiche. Genügt dir dieses Flittchen Andrea Doria nicht?! Die ärmste Mathilda. Wenn sie wüsste, was für ein unersättlicher Unhold du bist.
Laconque	Westbury ist ein fescher Mann.
Jocelyne	Du, ich mache mir nichts aus. Du misstraust ihm? Und ich soll?
Laconque	(*grinsend*) Du hast deinen Ari. Ari ist lieb und er ist dir, nehme ich mal an, in der Regel treu.
Jocelyne	In der Regel?
Laconque	Ist Westbury echt dumm oder spielt er uns was vor? Wir müssen ihm eine Falle stellen.
Jocelyne	Und ich soll?! Nein, nein!
Laconque	Sein Herz knacken und schauen, ob du ihn dazu bringst, nicht so einsilbig zu sein und wie ein Idiot zu kichern. Er soll dir sagen, ich liebe dich.
Jocelyne	Ich nehme zu deiner Verteidigung an, dass du nicht weisst, zu was du mich hier überreden willst.
Laconque	Sei nicht päpstlicher als der Papst.

Jocelyne	Was den Papst angeht, vertrage ich keinen Spass.
Laconque	Ist es denn so schlimm, mit einem solchen Honeypie von Mann in die Heia zu gehn! Kannst ja zur Not deine Augen schliessen. Vorsicht ist die Mutter der Porzellankiste. Du kannst uns dabei helfen, der Ehrlichkeit des Westbury auf die Spur zu kommen. Mag sein, dass er so dumm ist, wie er sich gibt. Dann ist alles okay.
Jocelyne	Und du sagst, es geht für uns um die Wurst. Womöglich hast du recht. Beissen wir in den sauren Apfel?
Laconque	Du bist ein Schatz, Jocelyne. Ich knüpfe mir diese Andrea Doria vor und opfere mich für die gute Sache. Kein Sterbenswörtchen zu niemandem. Was wir soeben geredet haben, muss unter uns bleiben, ist unser Geheimnis.
Jocelyne	Ach, das mit dem gnädigen Fräulein Schenker ist für dich kein Spass, aber ein Opfer für die gute Sache?! - Und kein Wort zu meinem lieben Ari. Er würde durchdrehen, wenn er wüsste, dass ich.

Szene 12

Alle

Der Kleine kommt zurück, verstaut seinen Spaten in seinem Rucksack, macht sich an Andrea D. ran, die ihn gestisch auf später vertröstet.

Mathilda	Jean W., schön, mein Lieber, dass auch du wieder da bist. Ich bin erschlagen, überrascht, weiss nicht, was sagen. Eingeholt von meiner Vergangenheit, die Katastrophe. Schauderös. Zweifelnd und zögernd. Wo und wie anknüpfen!? – Los, los, zur Eröffnungszeremonie. Nat, dein Arm.
Westbury	Die Pracht die Macht / Spiel mit ihr sacht.
Der Kleine	Dort, dort! Die Erde blubbert. Nein, ehrlich. Schau hin, blubb, blubb, blubb und ein weisses Räuchlein steigt auf.
Westbury	Dumm und Tor / Wie kommst du mir vor
Varnaga	(*zornig*) Zuviel Haschisch geraucht?!!!! Unerhört, was dieser Schnösel sich erlaubt. Ihm gehört eine gehörige Tracht Prügel.
Jocelyne	Er nimmt? Er ist der Diener des! Junger Mann, sie sollten sich schämen! Noch nie was davon gehört, wie gefährlich Drogen sind?! In ihrer Position.
Mathilda	(*Mathilda stellt sich zwischen Varnaga und den Kleinen. Laconque zieht Varnaga ins Abseits*) Der junge Mann hat uns gesagt, was er uns zu sagen hat. Darf ich wieder um Aufmerksamkeit bitten. Wo sind wir stehen geblieben? Ach ja, bei der Widmung dieses Schlosses an das Volk Transköls.

Szene 13

Varnaga, Laconque

Im Abseits.

Laconque	Das Blubbern?
Varnaga	Lächerlich! Blubbern! Die Erde soll blubbern. Was heisst Blubbern überhaupt? Nichts „blubbert". Und wenn es „blubbert", was soll ich sagen, dann, dann – ich verstehe nicht, weshalb immer alle auf mir rumhacken! Ist doch wahr! Ohne mich wärt ihr alle am Arsch. Ich forsche. Ich erfinde Zeugs. Sonquark. Ja, Sonquark. Rette für dich, was es zu retten gibt. Sorge dafür, dass etwas Tatsächliches und nicht irgendwelche Spekulationsblasen Gewinn bringen.
Laconque	(*Laconque lacht*) Geht die Schose hoch, wirst du geköpft.
Varnaga	Was hat dieser bekiffte Schnösel hier rumzuschnüffeln?!
Laconque	Weshalb blubbert die Erde?
Varnaga	Sie blubbert nicht.
Laconque	Garantierst, dass die Dämpfe ungiftig und das Blubbern harmlos sind? Unser Sponsor / Mäzen / Strohmann aus dem Ausland darf keine Lunte riechen. Mathilda ist zu überwältigt, als dass sie etwas merkt. Sie muss sich zuerst in ihre Rolle hineinleben. Sobald sie realisiert, wie schön das alles ist, wird sie begeistert sein. Und Jocelyne, ihr sind ihre Kleidchen wichtiger, als das, was sich rund um sie herum tut.

Varnaga	Ungiftig und harmlos! Ehrenwort! Ich schwöre Dir, als Erstes werde ich morgen meine Leute losschicken. Sollen abklären, messen, analysieren. Wer hat schon damit rechnen müssen, dass ausgerechnet ein bekiffter Schnösel ausgerechnet dieses leichte, ganz leichte Brodeln der Erde überhaupt wahrnimmt. Das Problem ist gelöst. Westbury und der bekiffte Junge verreisen heute noch. Und wir haben unsere Ruhe. Okay, im Sommer sind sie wieder da. Dann haben wir die Erfolgsstory, Sonquark. Kein Schwein wird dann auf das bisschen Blubbern der Erde achten. Dieser Westbury, zum Totlachen, einem so dummen Viech bin ich schon lange nicht mehr begegnet.
Laconque	Andrea Doria.
Varnaga	Ach ja, übrigens, ich habe nicht gewusst, dass Schenker eine Tochter namens Andrea Doria hat. Wer ist dieser Schenker? (*Laconque lacht*) Sie hat aber gesagt, sie ist die Tochter von Schenker. Heiliger Strohsack, lieber Laconque, um deine Kaltschnäuzigkeit beneide ich dich.
Laconque	Der Pianist im Grünen Saal heisst heisst zwar Luca Kleienhafner, ist stockschwul, hat nicht angerufen, um nachzufragen, ob er seine Freundin mitbringen darf, und ist alleine hier angekommen. Weshalb deckt Amédé Andrea Doria?
Varnaga	Presse? Neue Transkölaner Zeitung, Langi, Trankölanische Illustrierte Zeitung?

Laconque	Ach, all das seriöse Zeugs! Drücke mir die Daumen, dass meine Annahme stimmt und sie eine Journalisten-Hyäne von ALTER KLEISTER ist. (*Varnaga schreit erschreckt auf*) Die Schmuddelpresse erreicht die Leute. Ist selbstverständlich unter unserem Niveau. Wie unsere Frauen nie überdrüssig werden zu betonen. Mit einem knalligen Artikel in ALTER KLEISTER über „Der Salon des Monsieur Westbury" ist dieses Projekt beim Volk angekommen und Mathilda kommt gross raus. Information ist alles.

Szene 14

Alle

Mathilda	Wie ich es hasse, wenn die Leute mich wie einen Alien anstarren, bloss weil ich zufällig, ohne mein Dazutun, eine „Prinzessin" bin. Ich will nichts weiter als ein normaler Mensch sein.
Andrea D.	Sie sind so lieb, dass sie mich nicht weggeschickt haben. Sie müssen mir unbedingt alles, alles über den „Salon des Monsieur Westbury" erzählen.
Westbury	Der Top ein Spass
Mathilda	Nat, deinen Arm, bitte.

Jocelyne schnappt sich Westbury und hält ihn zurück. Mathilda lächelt erstaunt und hakt bei Laconque ein und die beiden folgen Amédé in Richtung Schloss. Der Kleine schnappt sich die

Handtasche von Andrea D. und versteckt sie. Andrea D. folgt dem
Umzug ins Schloss, genau so wie Varnaga. Der Kleine macht sich
an die entschwindende Andrea D. ran.

Der Kleine	(*zu Andrea D.*) Komm, ich zeig dir das Blubbern.
Andrea D.	Später.
Der Kleine	Ohne dich macht alles keinen Sinn.
Andrea D.	Schschsch.

Szene 15

Jocelyne, Westbury, der Kleine, Andrea D.

Der Kleine legt die Handtasche von Andrea D. wieder an den Ort,
wo er sie genommen hat, sieht, dass Andrea D. wieder
zurückkommt. Währenddessen reisst Jocelyne sich ihr Kleid auf und
wirft sich Westbury an die Brust. Der Kleine und Andrea D.
beobachten je die Szene.

Jocelyne	Ich bin dein. Nimm mich. Liebst du mich. Gestehe mir, dass du mich liebst. Ich liebe Liebesschwüre, je länger desto besser. Schwöre mir deine Liebe, in deinen eigenen Worten. Poetisch, wortreich. Los!
Westbury	Spass ist das Mass

Westbury verstummt. In ihrer Ratlosigkeit küsst Jocelyne Westbury
auf den Mund.

Jocelyne	Na ja. So. Dann haben wir also ein Verhältnis zusammen. Oder etwa nicht? Ich

	vermute schon. Und das mit der Hochzeitsnacht. Nennt man es bei einem Verhältnis ebenfalls Hochzeitsnacht?
Westbury	Sprung / Von der Seit
Jocelyne	Seitensprung! Richtig! Seitensprung. Wann? Warten sie, ich hole sie am Flughafen ab, wenn sie im Sommer herkommen. Dann können wir in ein Hotel gehen. Und wir bringen es hinter uns. Und vor allem, niemand darf etwas erfahren. Wenn ein Gerede entsteht und es kommt Ari, ich meine: Professeur Varnaga zu Ohren – ui, ui, ui! Und ihren Diener, ach, ihn setzen wir mit einer Cola in die Hotelhalle. – Wir müssen. Sonst fällt es auf. Kommen sie!

Jocelyne sieht, dass Andrea D. da ist, bedeckt sich und stösst einen Schrei aus.

Jocelyne	Oh!
Westbury	(*auf den Kleinen weisend*) Schau schau schau / Er schaut auch
Jocelyne	Ach, er ist bloss dein Diener. Oder etwa nicht? Ist er etwa nicht dein Diener?!
Der Kleine	Deine Tasche. Dort.
Andrea D.	Vorhin hatte sie nicht dort gelegen.
Der Kleine	Schon möglich.
Andrea D.	Schlingel. – (*Zu Westbury*) Gratuliere, du spielst deine Rolle perfekt.
Westbury	Kein Spiel / Ernst und Tod
Andrea D.	Hör auf damit!
Westbury	Mit was?

Andrea D.	Bürschchen, Bürschchen, nimm dich in Acht vor mir.

Andrea Doria umarmt den Kleinen und küsst ihn. Westbury lacht diabolisch.

Andrea D.	Wir wollen nichts verpassen von der Eröffnungszeremonie!
Jocelyne	Schwören sie mir, dass sie meinem Mann, Ari, Professeur Varnaga nichts von dem berichten, was sie gesehen haben. Es ist nämlich nicht so, wie sie annehmen. Es ist ganz anders.
Der Kleine	(*zu Westbury*) Ich habe dort, wo die Erde nicht blubbert, einen schönen Flecken umgestochen und Rosenkohl gesät. Wenn wir im Sommer wiederkommen, spriesst er. Dann pflanze ich die Pflänzchen aus.

FRÜHLINGS ENDE

Konnexion! Ja / Wenn das ist! Konnexion ist viel, / Verstand, Verbrechen, Recht sind gar nichts. Lieber / Verstand verlieren als die Konnexion.

Christian Dietrich Grabbe, Don Juan und Faust, 4. Akt, 1. Szene

Das Kollektiv lehnt die Sakralisierung des Schriftstellers als einsames Genie ab. Es vertritt zwar die Überzeugung, dass praktisch jedes Buch ein Gemeinschaftswerk ist.

Lucie Geffroy, Die Buchstaben-Guerilla. Das Autorenkollektiv Wu Ming kämpft mit fanatischen Geschichten gegen politische und kulturelle Gleichschaltung, in Le monde diplomatique, Juni 2015, Seite 20, aus dem Französischen von Uta Rüenauer

SOMMER

Paradiesgärtlein

Szene 1

Andrea D., Westbury, Amédé, der Kleine

Westbury sitzt an den Pflaumenbaum gelehnt. Andrea D. stürzt auf Westbury. Amédé beobachtet das Geschehen heimlich. In der Ferne ist der Kleine am Gärtnern.

Andrea D.   Wir sollten uns absprechen. Vor der Stiftungsratssitzung.

Westbury zeigt in die Ferne, zum Kleinen.

Westbury	Rosen und Kohl / Leg dich hin zu mir / Reich mir die Hand zum Bund
Andrea D.	In den letzten drei Monaten bin ich zwölfmal hierhergekommen. „Der Salon des Monsieur Westbury", das Schloss als Bildungs- und Vergnügungsspektakel zieht Bildungsbürger an. Sie tummeln sich im Schloss und rund ums Schloss herum, doch das Gelände als Ganzes ist für das Publikum nicht geöffnet. Hast du eine Ahnung, was in diesem riesigen Park sonst noch läuft? Es muss ja was laufen. Unvorstellbar, dass das Gelände brach liegt. Ich versuche aus Laconque rauszukriegen, was hier tatsächlich geschieht. Er ist ein fideler Ficker, total verknallt in seine Mathilda. Kein Sterbenswörtchen darüber, was hier noch läuft. Ich bin empört. Diesen Finanzleuten muss man misstrauen. Altruistisches Getue ist in der Regel Deckmäntelchen für üble Machenschaften in Sachen Zahlen- und Wertvermehrung. Was weisst du? Schliesslich gehört dir das Areal, das von unserer gemeinnützigen Stiftung bewirtschaftet wird. Du finanzierst alles! Ich weiss, dass du den Idioten bloss spielst. – Laconque glaubt, ich arbeite für ALTER KLEISTER, dieses Scheissblatt. Er verbietet mir strikte, einen knallig aufgezogenen Artikel über den Salon des Monsieur Westbury in ALTER KLEISTER zu veröffentlichen – im Klartext: er

	wünscht, dass ich sein Verbot übertrete und den Artikel schreibe. Das gewöhnliche Volk soll vom „Salon des Monsieur Westbury" hören und hierher strömen. Meine Verbindungsfrau bei ALTER KLEISTER findet den „Salon des Monsieur Westbury" zu elitär. Sie weigert sich, den gewünschten Artikel zu bringen. Ich bleibe dran. Weshalb wird dieses Affentheater inszeniert?
Westbury	Kein Ziel kein Ziel / Bloss Spass Spass / Spiel und Lust / Im Aug das / Was sich tut
Andrea D.	Ist das alles, was du mir zu sagen hast?! Ich erzähle dir alles über mich. Und du? Du, echt, du kotzst mich an! Idiot! (*ab*)

Szene 2

Jocelyne, Mathilda, Amédé, der Kleine, Westbury

Jocelyne und Mathilda tauchen kurz auf.

Jocelyne	Ich bin so aufgeregt. Stiftungsratssitzung – ich soll das Protokoll führen! Wenn bloss nichts schief läuft. Ich meine, ich habe noch nie Protokoll geführt. Könnten wir nicht Amédé damit beauftragen. Schliesslich ist er der Diener und für einen Diener recht ordentlich gebildet. Nicht so unbeholfen in der Orthographie wie dieser Robin. Dass einer so viele Fehler macht. Wenn er wieder wie wild Notizen macht, musst du ihm mal über seine Schulter schielen. Lohnt sich, echt. Nun ja, wie der Herr, so s'Gscherr.

	Westbury ist nicht die hellste Kerze auf der Torte. Ich suche Amédé und bitte ihn …
Mathilda	Nein!
Jocelyne	Doch, doch, Mathilda. Amédé ist sehr gebildet – für einen Diener.
Mathilda	Wir haben uns geeinigt. Du schreibst das Protokoll!
Jocelyne	Musst du nachplappern, was dein Jean W. sagt! Wir Frauen müssen zusammenhalten. Ich kann kein Protokoll schreiben. Jean W. weiss, dass ich dumm bin und kein Protokoll schreiben kann. Deshalb hat er gesagt, „Jocelyne, du schreibst das Protokoll an der Stiftungsratssitzung!". – Überhaupt, Mathilda-Liebes, du solltest etwas mehr Freude zeigen. Jean W. tut alles nur für dich.
Mathilda	Würdest du dich freuen, wenn dir dein Stammbaum samt Stammsitz und der ganzen Geschichte um die Ohren geklatscht wird?! Einerlei. Das Gut mit dem Schloss soll fürs Volk sein. Bisher ist es uns nicht gelungen, das Volk hierher zu locken. Es muss etwas geschehen.
Jocelyne	Das kann man nun wirklich nicht sagen, dass es dir um die Ohren geklatscht wird. Jean W. wollte dir damit echt eine Freude bereiten.
Mathilda	Ich habe zufällig das Telefon beantwortet, als ein gewisser Mr. Procter von Procter, Procter & Procter angerufen hat. Er wollte von Jean W. wissen, ob die Lieferung der Ware bezüglich der Dummheit den Erwartungen entspreche. Ich fragte, ob es sich bei der dummen Ware nicht zufällig

um Mr. Westbury handle? Mr. Procter hat daraufhin verlegen gehüstelt. Dann strikte verneint und seinerseits gefragt, wie ich darauf komme? Jean W. wurde schrecklich verlegen, als ich bei ihm nachhakte. Es stinkt zum Himmel! Nat kann nichts dafür, dass er so ist, wie er ist. Jean W. und Ari sollten ihn nicht wie einen dummen Schuljungen behandeln. Wie war er im Bett?

Jocelyne   O! Hat es sich bereits rumgesprochen?! Er ist speziell. Ein Mann eben. Primitiv. Ein primitiver Mann. Behaart wie ein Affe. Doch darf man ihn deshalb bereits als dumm bezeichnen?!

Mathilda   Hat er was Gescheites rausgelassen? Übrigens, meine liebe Jocelyne, weisst du was Sonquark ist? Sonquark. Du weisst nichts. (*Jocelyne und Mathilda ab*)

Szene 3

Laconque, Varnaga, Amédé, der Kleine, Westbury

Laconque und Varnaga geraten kurz ins Bild.

Laconque   Der „Diener" von Westbury heisst Robin Looney, war E-Bassist bei den Rebels with a Cause und hat zufällig Westbury kennengelernt, bevor dieser im Frühjahr hierhergekommen war. Er pflanzt dort hinten Rosenkohl an.

Varnaga	Soll er halt Rosenkohl anpflanzen. Ein Naturbursche eben. Besser er pflanzt Rosenkohl an, als dass er …
Laconque	Andrea Doria hat ihn sich gepflückt, während Jocelyne sich mit Westbury verlustierte. Andrea Doria hat die beiden hierher gefahren. Robin ist als erstes joggen gegangen. Während des Joggens hat er mehrmals angehalten. Ist in die Knie gegangen.
Varnaga	Streching-Übungen.
Laconque	An einer Stelle, wo die Erde blubbert und weisse Dämpfe aufsteigen. Hat das Blubbern genau beobachtet.
Varnaga	Das „Blubbern" ist harmlos. Habe ich dir längst berichtet. Ein natürliches Phänomen.
Laconque	Jocelyne hat über den wahren Geisteszustand von Westbury nichts rausgekriegt. Lach nicht so blöd!
Varnaga	Ich muss so tun, als ob ich nicht wüsste, dass sie mit Westbury vögelt. Sie würde mir schrecklich übel nehmen, dass ich nicht eifersüchtig bin. Immerhin hat Mr. Procter von Procter & Procter & Procter über den Geisteszustand von Westbury diesen Attest von diesem Shrink, diesem Doktor Klappsmüller, beigelegt.
Laconque	Knappertsmüller – er heisst Knappertsmüller.
Varnaga	Darin ist bestätigt, dass …
Laconque	Experten!
Varnaga	Eine Geistesschwäche vom Grad einer Imbezillität! Vergiss es! Wir sind am Ziel, Jean W., wir sind am Ziel. Sonquark – die Revolution ist da! Unsere Erfindung!

	Sonquark wird einschlagen wie ein Meteor. Danach ist nichts mehr, wie es war. Vergiss den „Salon des Monsieur Westbury", Westbury und Konsorten. Ist die Katze erst aus dem Sack, kräht kein Hahn mehr danach!
Laconque	Andrea Dorias Chefin will unbedingt nicht den Artikel über den „Salon des Monsieur Westbury" in ALTER KLEISTER erlauben.
Varnaga	Scheisse. Ich hatte noch gedacht, man hat nie gehört, dass in ALTER KLEISTER ein Artikel über …
Laconque	Ficken mit ihr ist gut. Doch habe ich mich schrecklich verkalkuliert. Als Journalistin hat sie keinen drauf. Schafft es nicht einmal, dass ihre Chefin den Artikel über …
Varnaga	Lache, Bajazzo, lache! Und falls Robin, dieser verdammte Grüne, noch einmal das Wort Blubbern in den Mund nimmt, drehe ich ihm den Hals um.
Laconque	Toréador, en garde! (*Laconque und Varnaga ab*)

Szene 4

Mathilda, Amédé, der Kleine, Westbury

Mathilda geistert in Gedanken versunken herum, Amédé geht auf sie zu.

Amédé	Tildchen, Tildchen. Nicht ganz auf dem Damm?
Mathilda	Ach, Amédé! Ich strahle.
Amédé	Was du nicht sagst! Du strahlst.

Mathilda	Ja. Ich strahle.
Amédé	Du bist schon immer eine schlechte Schauspielerin gewesen.
Mathilda	Ich warne dich. Wenn du nicht sagst, was ich hören möchte, feure ich dich.
Amédé	Ungeniert. Es hat keine Konsequenzen für mich. Westbury ist mein Patron.
Mathilda	Mit dir kann man nicht diskutieren.
Amédé	Mit Personal diskutiert man nicht. Man gibt Anordnungen.
Mathilda	Richtig. – Mein Bauch sagt mir …
Amédé	Fühlst du dich blümerant? Leicht unwohl. Von bleu mourant. Sterbendes Blau. Ein antiker Ausdruck. Soll die leicht bläuliche Gesichtsfarbe beschreiben von Menschen, denen übel ist. Ich sehe im sterbenden Blau eher den Himmel beim Einnachten, wenn das satte Blau des Himmels bei Tage verdämmert, hell wird, kein süssliches Hellblau, aber ein helles und dennoch sattes Blau, kurz bevor die Farbe kippt und der Himmel dunkel wird. Es wird Nacht und dann wieder Tag.
Mathilda	Tag.
Amédé	Ja, wieder Tag!
Mathilda	Dann nimmt alles seinen Lauf.
Amédé	Und es ist gut so. Mach dir keine Sorgen.
Mathilda	Du weisst, ich liebe Jean W.. Ich weiss, du hältst ihn für einen Schurken.
Amédé	Einen Schlaumeier.
Mathilda	Entschuldige. Schlaumeier. Er hat so viele Ideen. Ich habe Angst.
Amédé	Unnötig.
Mathilda	Ich brauche keine Angst zu haben? (*Amédé und Mathilda ab*)

Szene 5

Der Kleine, Amédé, Westbury

Der Kleine pflanzt Rosenkohl-Pflänzchen ein. Amédé schaut ihm zu.

Amédé	Hier finde ich dich. Nein, nein, mach weiter. Stört es dich, wenn ich dir einen Moment zuschaue? Dann können wir gemeinsam zurück ins Haus gehen und die Überraschung für die Herrschaften für nach der Stiftungsratssitzung vorbereiten.
Der Kleine	Rosenkohl kommt gut auf diesem Boden.
Amédé	Noch einmal jung sein! Ein schöner Anblick. Früher hatte ich köstlichen Gerichten, die sich im Überfluss präsentierten, nicht widerstehen können. Ich musste alles verschlingen, mir meinen Bauch vollschlagen. Das Wunder geschah, dass ich viel zu viel verschlang und mir dennoch nie übel wurde. Oder wenn mir übel wurde, war es kein Problem, ging rasch vorüber. Und mir schien, dass nur der Tag ein geglückter war, an dem ich mich herrlich überfressen hatte, träge vom Fressen bloss noch in die Federn sank, schnarchte, rülpste, furzte und wieder mit Appetit auf noch mehr dieser herrlichen Köstlichkeiten aufwachte. Die Lust am Betrachten dieser Köstlichkeiten hat nicht abgenommen. Bloss der Drang, jede Köstlichkeit gleich zu verschlingen und mir

dabei meinen Magen zu verderben. So reicht mir heute der Anblick von Köstlichkeiten und wird zur Rampe der herrlichsten Träume, die viel schöner, viel erfüllender sind, als es die Wirklichkeit je zu sein vermag. O könnte ich das Rad der Zeit zurückdrehen! Dann hätte ich den Mut wieder, gegen das Verhängnis anzukämpfen. Doch jetzt.

Der Kleine   Magst du Rosenkohl ebenso wie ich?

Amédé   Keine Sorge, dass jemand dir das, was du hegst und pflegst, zertrampelt? Ach, dieser Blick, den du mir soeben zugeworfen hast. Könnte man diesen Blick festhalten und ständig beflügelt werden von der Zuversicht, die deine Augen vermitteln, wenn sie strahlen.

Der Kleine   Ich mag Rosenkohl tatsächlich. Im Winter, wenn wir wiederkommen, ist er reif zum Pflücken. Im Herbst werde ich im Beet gut jäten.

Amédé   Directeur Laconque, Professeur Varnaga?

Der Kleine   Sind mir wurst!

Amédé   Jetzt hast du gelogen. – Einerlei, du bist im Affenorchester das hübscheste Äffchen. Selbst wenn alles hochgeht, spiele auf deinem Instrument unbeirrt weiter. Komm, wir müssen.

Der Kleine   Ich komme gleich nach. (*Amédé ab*)

Szene 6

Der Kleine, Westbury

Der Kleine	He, Chris. Chris! Hör auf mit diesem Theater. Ich weiss, dass du nicht schläfst. Wenn du nicht endlich aufwachst und mir sagst, dass wir endlich losschlagen, hängt es mir endgültig aus. Ich habe die Nase voll. Du versprichst mir immer, dass du alles im Griff hast. Nichts hast du im Griff. Sie, sie spielen mit dir. Und du, du bist ihre Marionette. So habe ich mir unsere Bewegung nicht vorgestellt. Bewegung gegen den Finanzkapitalismus! Dass ich nicht lache! Du liegst hier und schnarchst. Angeblich.
Westbury	(*ohne seine Augen zu öffnen*) Schschsch. (*er weist den Kleinen an, Amédé ins Schloss zu folgen. Dieser verdreht seine Augen und geht in Richtung Schloss weg*)

Szene 7

Mathilda, Laconque, Jocelyne, Varnaga, Andrea Doria, Westbury

Sie sitzen im Kreis herum. Jocelyne mit Schreibblock und Stiften bewaffnet.

Mathilda	Sind keine Fragen mehr? Kann ich unsere erste Stiftungsratssitzung für beendet erklären? Ich danke euch für euer enthusiastisches Engagement und für eure wertvollen Beiträge. Ich kann euch nicht sagen, wie glücklich ich bin, dass „Der Salon des Monsieur Westbury" ein solcher Erfolg ist. Das heisst, jetzt geht es darum, den Stiftungszweck tatsächlich zu erfüllen

	und das Schloss mit allem Umschwung, dem gesamten Land, das dazu gehört, für das Volk zu öffnen und zu schauen, dass tatsächlich das Volk von diesem Gut Besitz ergreift. *(Laconque hüstelt)* Ja, mein lieber Jean W., wenn ich will, kann ich durchaus für Ziele kämpfen, zusammen mit unserem lieben Nat. Nicht wahr, Nat?!
Westbury	Ja / Kampf für das Glück
Laconque	Schrittweise. Bereits die Öffnung des Schlosses in dieser Versuchsphase für eine beschränkte Anzahl von Besuchern.
Mathilda	Bisher haben wir das Projekt nur halbherzig angepackt. Jetzt hat mich die Lust ergriffen, dem Volk das zurückzugeben, was in Wahrheit ihm gehört.
Laconque	Mathilda-Schatz, ich bin stolz auf dich.
Mathilda	Untersteh dich, meinen Schwung zu bremsen!
Jocelyne	Das Protokoll schliesse ich ab mit dem neuen Datum für die Stiftungsratssitzung im Herbst. Ist es okay so, Mathilda-Schätzchen? Und Nat, wirst du auch bestimmt da sein am 12. Oktober?
Westbury	Ja / Ein Mann ein Wort / Ja
Mathilda	Ja, Jocelyne-Darling.
Jocelyne	Ui, ui, ui, jetzt habe ich ganz schön Arbeit! Protokoll in Reinschrift.
Mathilda	Ja, Jocelyne-Darling.
Jocelyne	Mathilda-Liebes.
Mathilda	Andrea Doria, ich zähle auf dich. Als unsere jüngste Stiftungsrätin und als Aussenseiterin wirst du mit kritischem Geist hinterfragen, was mir, das heisst Nat und mir vorschwebt, und uns dann beim

	Umsetzen unserer Ziele tatkräftig unterstützen.
Laconque	Mathilda-Schatz, die Sitzung hast du bereits geschlossen. Jocelyne traktandiere bitte die Neuformulierung der Ziele der Stiftung für unsere Herbstsitzung am 12. Oktober.
Mathilda	Jean W.-Lieber, ich bin die Präsidentin.
Laconque	Und ich, Mathilda-Schatz, bin so stolz darauf, dass du eine so unternehmungslustige Präsidentin bist.
Jocelyne	Entschuldigt, was soll ich nun protokollieren, vormerken?
Varnaga	Lass, lass, gleich wird es losgehen.
Jocelyne	Was.
Varnaga	Überraschung.
Westbury	Und das Geld / Geld wie Heu / Was für ein Spass / Geld Geld Geld Geld / Wer will mein Geld / Und wann
Mathilda	Du meinst die Stiftungsrechnung? Auf Ende Kalenderjahr. Das heisst, an der nächsten Frühjahrssitzung.
Laconque	Nat, du lieber Kerl. « Wer will mein Geld » kann man als Frage auffassen, wie meine liebe Mathilda es soeben tat.
Varnaga	Du guter Kerl, mein lieber Nat.
Laconque	Doch ist es ebenso möglich, in diesen Worten nicht eine Frage, doch ein Angebot zu lesen. Unser lieber Nat ist so überaus grosszügig, dass er bereit ist, überall da, wo finanzielle Löcher zu stopfen sind, dies zu tun.
Varnaga	Zu gütig, Nat, zu gütig.
Westbury	Jean / Gut Rat ist toll

Szene 8

Alle

*Amédé und der Kleine kommen mit silbernen Platten, auf denen
wundersam hübscheste, farbigste Dinger aufgetürmt sind,
funkelnd, glitzernd und Funkenregen sprühend. Mathilda schaut
indigniert, Jocelyne höchst entzückt-interessiert, Varnaga mit dem
Stolz des Erfinders, Laconque staunt, Andrea D. schaut
misstrauisch, Westbury hüpft vor Freude. Jocelyne will sich auf das
Zeugs stürzen, doch Mathilda hält sie zurück, mit einem strafenden
Blick, worauf Jocelyne schmollt. Jocelyne reisst sich los und kostet
von den Köstlichkeiten, ebenso Andrea D..*

Varnaga	Tatata ta, silmsalabim, voilà!
Laconque	Herrlich, herrlich, nicht wahr, Nat. Das ist Sonquark. Genial!
Varnaga	Koste! Kostet! Greift zu, greift zu! Jocelyne! Andrea Doria! Nat! Und auch du, Mathilda!
Jocelyne	Languste an einem deliziösen Champagner-Schaum-Sösschen!
Andrea D.	Gebratene Gänseleber auf einem Sesam-Toast mit Avocado-Mousse !

*Jocelyne, Varnaga, Laconque kosten begeistert, Mathilda ziert sich.
Sie kostet ein wenig und legt den Rest beiseite. Gestisch gibt sie
Laconque und Varnaga, die sie immer wieder auffordern
zuzugreifen zu verstehen, dass sie es toll findet, doch satt ist.*

Der Kleine	(*zischend zu Andrea D.*) Dekadente Scheisse!
Westbury	Rob Stopp schweig / Rob Stopp schweig
Der Kleine	Mag man Rosenkohl, scheisst man auf solches Zeugs.
Westbury	Schweig schweig schweig / Fuck you fuck you fuck you / Sagt man nicht / Ich sag's

	und es macht Spass / Ihr staunt / Wie / Wie ein Kind / Voll Freud / Fuck you
Amédé	Schenke er Dom Pérignon Rosé Millésime nach.
Der Kleine	(*zu Andrea D.*) Dass du mitmachst. Dass du … Ich meine … Mir stinkt's, hier weiter den Affen zu machen.
Jocelyne	Ich werd' verrückt. Ihr Schlingel, ihr. Habt uns kein Sterbenswörtchen verraten und überrascht uns mit, mit, mit diesem, diesem – wie soll ich sagen? – mit diesem. Tja, es ist wie im Traum. Alice im Schlaraffenland.
Der Kleine	Und ihr seid die gebratenen Gänse, die mit der Gabel im Bauch durch die Luft sausen!
Andrea D.	Ich hatte immer geglaubt, Gummibärchen sind toll. Doch das hier, hm. Friss dich satt davon. Lass dir deinen Ekel nicht von deiner Miene ablesen! Mach mit!
Der Kleine	Ich? Und wer fragt, wo das Zeugs hergestellt wird? Und wie?
Andrea D.	Wo wird das Zeugs hergestellt? Wie wird das Zeugs hergestellt? Tausendmal die gleichen Fragen, doch niemand beantwortet sie.

Die Sonquark-Schlacht. Amédé weicht den Geschossen aus. Mathilda beobachtet das Treiben und „is not amused".

Jocelyne	Du hältst uns zum Narren! Es ist keine köstliche Speise. Es ist, es ist.
Varnaga	Hast du es gegessen oder nicht? Das ist Sonquark.
Laconque	Ja, ja, Sonquark. Da staunst du, wie, Nat? Ist doch toll. Ruhe, der Professeur hat das Wort.

Varnaga	Die raffinierteste Ernährung aller Zeiten, ein Luxus für alle Menschen. Die Menschheit ist gerettet. Niemand mehr muss hungers sterben. Und ist witzig, der Name. Sonquark – flutscht einem von der Zunge, rein ins Ohr und von da ins Gedächtnis. Sonquark. Sonquark. Sonquark.
Jocelyne, Andrea Doria, Laconque, Mathilda	Sonquark, Sonquark, Sonquark.
Mathilda	Die kleinen Quader mit dem Punkt in Pink …
Westbury	Punkt in Pink
Mathilda	… sind Languste an Pernod-Sosse.
Der Kleine	Sonquark. Sonquark. Sonquark.
Westbury	Schweig du Tor schweig / Frass Suff und Fuck / Ich hab Spass Spass Spass / Freu dich Mensch
Mathilda	Ups! (*kriegt einen Lachanfall*) Sonquark am Boden.

Alle beteiligen sich voller Inbrunst an der Sonquark-Schlacht, ausser Amédé und der Kleine.

Andrea D.	Wo wird Sonquark hergestellt? Und wie?
Mathilda	Wozu Fragen stellen, Liebste.
Andrea D.	Liebste, das Dasein besteht aus Fragen.
Varnaga	Jocelyne-Schätzchen, nicht bloss mit dem Zeugs herumschmeissen. Iss, iss, soviel dich gelüstet. Sonquark macht nicht dick, kleckert nicht, ist leicht verdaulich. Iss so viel zu magst und du wirst sehen, verrichtest dein Geschäft ohne Blähungen und dein Geschäft riecht wunderbar nach

	Erdbeeren und frischem Ingwer. Echt, die Scheisse stinkt nicht mehr, duftet herrlich.
Der Kleine	Andrea Doria hat gefragt, wo Sonquark hergestellt wird. Und wie Sonquark hergestellt wird.
Varnaga	Hundertprozentig im Land produziert. Umweltschonend. Keine giftigen Abfälle! Die Revolution in der Ernährung! Gesund, bekömmlich und die leidige Scheisserei mit Gestank und Bremsspuren in der Unterwäsche ist man auch los.
Mathilda	Wir sollten uns in den Festsaal begeben!
Amédé	Der Staatspräsident und das gesamte Kabinett werden jeden Augenblick im Schloss ankommen.
Mathilda	Um im Schloss das Büfett für das Volk zu eröffnen.
Laconque	(*Der Kleine schaut Laconque an, Laconque lacht*). Mein lieber sozial Engagierter, du hältst mich für den grössten Gauner der Welt und möchtest mich am Liebsten fertig machen. Weshalb bloss habt ihr es darauf abgesehen, gute Geschäfte um alles in der Welt zu verteufeln?! Sollen wir uns dafür schämen, dass wir geschäftlich erfolgreich sind, Arbeitsplätze schaffen?! Das Hungerproblem lösen. Nicht wahr, mein lieber Westbury, ohne unser Tun wäre das Leben auf dieser Welt ein einziges Trauerspiel.
Westbury	Friss scheiss Spass / friss scheiss Spass / friss scheiss Spass
Andrea D.	Ein Wagenpark von einem Duzend haargenau gleichen Fahrzeugen, die wie mausgraue Opel ausschauen, in Wahrheit

aber Spezialanfertigungen von Sergio Königsberg sind mit Rolls Royce-Motoren. Damit die Leute die Bescheidenheit ihrer Clique glaubt. (*Laconque lacht*) Und Menschen leisten Sklavendienste, um diesen Unsinn zu ermöglich.

Jocelyne (*flüsternd zu Mathilda*) Der Kleine kritzelt wieder in sein Notizbuch, wie wild. Schiel ihm mal über seine Schulter. Seine Orthographie – schauderös! Scheint noch dümmer zu sein, als sein Herr und Meister.

Varnaga Und ich, liebe Andrea Doria? Ich war oft bis um Mitternacht, was sage ich, ganze Nächte über im Labor und forschte, forschte, forschte. Sie und sie, Robin Looney, haben sie je etwas von Alevitschwertsagon gehört und dem Austausch mit Aulganplemplemium? Nicht? Informieren sie sich. Notieren sie, notieren sie! Dann reden wir wieder miteinander. Machen sie sich schlau.

Jocelyne Ja, mein lieber Ari, ja. Du bist ein so gescheites Haus und so fleissig. Komm.

Laconque Sinnoasen hier und da und dort! Kein Bedürfnis bleibt unbefriedigt. Wie wäre es, meine lieben empörten Rebellen, anstatt die Feinde zu verteufeln und zu verdammen, zuerst einmal zu bedenken, was sie Gutes tun?!

Mathilda Amédé, bitte!

Amédé Meine Herrschaften, nur immer mit der Ruhe! Es hat genügend für alle. Das grosse Büfett im Schloss wird gleich eröffnet. Kommen sie, kommen sie.

Jocelyne Komm! Der Staatspräsident ist auch da.

Szene 9

Andrea D., Westbury, der Kleine

Andrea D.   Ich lehne mich zum Fenster raus. Ich unternehme alles. Ich führe den Zug der Ausgebeuteten, der Empörten an. Ich schere mich einen Deut darum, ob die Leute mich hassen oder nicht. Ich meine, schon nur wenn ich über mich nachdenke: zur Tarnung nehme ich das Geld von Laconque. Ich bin verkleidet, verkehre unter meinen politischen Feinden, für die gute Sache. Weisst du, dass Laconque 12 persönliche Sprecher angestellt hat, 3 der bedeutendsten Wirtschaftsjournalisten in seinem Sold stehen und mindestens weiteren 572 Medienleuten Gelegenheitsgeschenke zukommen lässt. Er beschäftigt ein Sekretariat mit 420 Angestellten, zum Teil mit Teilzeitpensum, zugegebenermassen, ein Heer von über 120 Coaches für seine Angestellten, 7 Soziologen, 5 Historiker, 3 Psychiater und 15 Krankenschwestern! Und ihr, ihr Waschlappen steht dumm rum, spielt eure bescheuerten Rollen, fickt oder mimt die Idioten. Euer Verhalten kotzt mich an! Laconque und seine niederträchtige Clique sind unsere ärgsten Feinde.

Westbury   Trink trink trink / Cheers cheers cheers

Andrea D.   Schlappschwänze!

Andrea D. haut wutentbrannt ab, horcht auf, bleibt stehen und beobachtet heimlich die folgende Szene.

Der Kleine	Vor ihr zumindest hättest du mit deinem Theater aufhören können. Sie ist auf unserer Seite. Hast du nicht gesagt, wir wollen das globale Finanzsystem kaputt schlagen. Hier endlich haben wir ein paar der Exponenten. Können sie packen.
Westbury	Köpfen. Und dann.
Der Kleine	Leck mir am Arsch!
Westbury	Poesie! Das ist es! Dem Jargon des Finanzkapitalismus, der alles überzogen hat, eine neue, eine blumige, eine phantastische Sprache entgegen setzen. Ich bin kein Spassvogel, der im Käfig der Spassgesellschaft fröhlich rumzwitschert und damit zufrieden ist. Ich meine es ernst mit den Dingen, die ich tue.
Der Kleine	Man denkt nichts Böses. Plötzlich ist man gefangen in einem teuflischen System. Scheisse, Scheisse, Scheisse. Mich kannst du filmen! *(wendet sich zum Gehen)*
Westbury	Willst du nicht sehen, wie alles in sich zusammenbricht?
Der Kleine	Alles in sich zusammenbricht?!
Andrea	*(hervortretend)* Alles in sich zusammenbricht?
Westbury	*(singend, ein Beschwörungstanz)* Ho ho / Ha ha / Bumm bumm bumm / Ho ho / Ha ha / Bumm bumm bumm / Ho ho / Ha ha / Bumm bumm bumm / Ho ho / Ha ha / Bumm bumm bumm / Ho ho / Ha ha / Bumm bumm bumm

Andrea	Lass uns vernünftig reden. Lass uns vernünftig reden. Idiot! (*ab*)
Westbury	Los, los. Wir reisen ab. Und kommen im Herbst wieder.
Der Kleine	(*nachdenklich*) Und dann im Winter wieder.
Westbury	Ja. Auch im Winter wieder.

SOMMERS ENDE

Was ich nicht weiss, macht mich nicht heiss. So denkt /
Der Ochse, wenn er vor dem Kopf ein Brett hat.

Christian Dietrich Grabbe, Don Juan und Faust, 4.
Akt, 1. Szene

Die Vorherrschaft der Bekenntnisse zu brechen würde
bedeuten, die derzeit übermächtig scheinenden
neoliberalen Politiken ihrer wichtigsten ideologischen
Stütze zu berauben.

Robert Pfaller, Die Illusionen der anderen: Über das
Lustprinzip in der Kultur, 2014, E-Book Position
4804

HERBST

Szene 1

Amédé, Andrea D., der Kleine

Vor dem Lift in einer ultramodernen, futuristischen Höhle, Amédé
in der Position des heimlichen Beobachters.

Andrea D.   Genial, mein kleiner Robin, du bist genial,
wie du es hingekriegt hast. Dein Auftritt
und wie du gefordert hast, dass du
Auskunft über dieses Dings-da haben willst
– schlicht genial! Wie du überhaupt darauf
gekommen bist. Vom Blubbern der Erde, zu
dieser mysteriösen Höhle. Ich meine, schon
nur sowas aufzuspüren! Einen Moment
dachte ich, sie werden dich lynchen. Doch

	das ist nicht Laconques Stil. Obacht, er seift dich ein. Jetzt nicht schwach werden.
Der Kleine	Ich will wissen, was los ist.
Andrea D.	In diesem unwegsamen Gebiet, so weit ab von allem.
Der Kleine	So weit ab ist es auch wieder nicht. Und unwegsam ist es hier nicht.
Andrea D.	Doch bis man da ist.
Der Kleine	Okay, zwischen da und dort gibt es ein kleines Stück, wo du mit High Heels nicht weiterkommst – oder einen riesigen Umweg machen musst. Cool. Bald wissen wir, was hier läuft.
Andrea D.	Lass dir von einer Frau, die etwas mehr Erfahrung hat als du, gesagt sein, jetzt ist der Moment, um loszuschlagen. Nur nicht schwach werden. Jetzt die Bombe werfen. Wir wollen sie hochgehen lassen! Oder etwa nicht?! Ich kann dir Sprengstoff beschaffen und jemanden, der dir Bomben mit immenser Sprengkraft bastelt. Ich habe acht Sprengkörper hier. Klitzeklein, doch hoch wirksam. Ich gebe sie dir. Nimm sie! Weshalb nimmst du sie nicht?! Wenn wir nicht gleich losschlagen, ist es zu spät. Sie sind gewarnt. Sie wissen, dass wir ihnen auf der Spur sind. Jetzt, genau jetzt losschlagen: die Revolution. Und wir an die Macht.
Der Kleine	Ja, Mutti! Um dann das gleiche in blau, oder besser: rot zu errichten! – Der Rosenkohl ist krass gewachsen. Der Boden hier ist krass gut. Doch jetzt im Herbst ist es noch zu zeitig für die Ernte.

Amédé	(*tritt hervor, zum Entsetzen von Andrea D.*) Rosenkohl! An einer Curry-Tunke.

Szene 2

Alle

Mathilda klammert sich an Andrea D.. Andrea D. versucht, sich der Umklammerung zu entwinden. Westbury staunt. Der Kleine scheint unruhig.

Mathilda	(*Andrea D. umarmend, an den Kleinen gewandt*) Robin Looney, Robin Looney. Überraschungen über Überraschungen. Wie ein Traum. Wie sind sie bloss darauf gekommen, in diesem abgelegenen Teil des Geländes nach etwas zu suchen?! Und erst noch etwas zu finden. Sieht es hier nicht aus, wie in einem Science Fiction-Film? Und du, Nat, bist der ahnungslose Besitzer, dieser utopisch anmutenden Bauten!
Westbury	Rob ist klug / er spricht irr / ein Spass
Laconque	Robin, mach kein solches Gesicht! Wir stecken nicht in einem Drama. Dies hier ist zwar eine Farce, doch in Wahrheit eine Kolportage der Wirklichkeit, über die man sich, wenn man es möchte, kaputtlachen kann.
Der Kleine	(*liest aus seinem Notizbuch vor*) „Herr B. hört zu. Er Hört noch immer zu. Hört zu. Hört zu."
Jocelyne	Im Satz „Er hört zu" schreibt man hört klein.

Der Kleine	Ich finde das H schöner gross. Herr B. hört auch echt sehr aufmerksam hin. Er hhhhhhhört.
Varnaga	Ach so, verstehe. Joceline-Schätzchen, das grosse H, die Orthographie überhaupt als Stilmittel. – Wird es ein Roman werden?
Der Kleine	Nein. Ein Theaterstück.
Varnaga	Ach so.
Laconque	Unser Dramatiker!
Varnaga	Und wie heisst das Stück?
Der Kleine	„Der Salon des Monsieur Westbury."
Jocelyne	Kommen wir drin vor?! Wie aufregend. Hätte ich es geahnt, dass ich auf einer Bühne stehen werde, wäre ich vorher zum Frisör gegangen.
Mathilda	Du bist gut frisiert.
Westbury	So schön so schön / der Glanz der tanzt
Amédé	Meine Herrschaften, der Lift!
Der Kleine	Wie viele solche Eingänge gibt es?
Varnaga	Ach, mehrere, weisst du, wie viele? Ich weiss es nicht genau.
Laconque	So viele Zugänge, wie nötig sind.
Andrea D.	Damit ist die Frage von Robin nicht beantwortet.
Der Kleine	Lass.
Andrea D.	Eine Karte, auf der alle Eingänge eingezeichnet sind, dürfte wohl existieren?!
Amédé	Der Lift!
Der Kleine	Gibt es keine Treppe? Da soll ich rein?! (Westbury schiebt den Kleinen lachend in den Lift, dann betreten auch die anderen den Lift.) Muss ich?
Mathilda	O, ich habe was vergessen (ab)
Varnaga	Geht schon, ich warte auf sie. (die Übrigen ab im Lift)

Szene 3

Mathilda, Varnaga

Kaum ist der Lift mit den Andern weg, taucht Mathilda wieder bei Varnaga auf.

Mathilda	Mein lieber Ari, Was hast du mir zu sagen?
Varnaga	Ich dir, liebe Mathilda?
Mathilda	Ja, du mir.
Varnaga	Was soll ich dir sagen?
Mathilda	Die Wahrheit.
Varnaga	Was ist Wahrheit?
Mathilda	Ari!
Varnaga	Meine liebe Mathilda, ich bin Wissenschaftler.
Mathilda	Mein lieber Ari, das ist mir bekannt.
Varnaga	Jean W. ist ein guter Mensch. Er …
Mathilda	Ja. Ich höre.
Varnaga	Wie soll ich sagen? Es ist alles sehr kompliziert. Um ehrlich zu sein, ich komme nicht bei allem mit. Das heisst, ich komme nicht nur nicht bei allem mit. Ich begreife nichts. Das ist die Wahrheit. Du kennst Jean W., du weisst, wie er ist. Er schaut einen an, breitet vor dir Visionen aus, mit dieser Begeisterung, diesem Feuer. Es ist nicht anders möglich, als dass er daran glaubt. Er erzählt keinen Mist. Er glaubt, was er sagt. Und er hat ein gutes Herz.
Mathilda	Was ist faul?
Varnaga	Nichts. Das heisst, ich weiss es selber nicht. Sonquark ist der grösste Erfolg, den wir je

	hatten. Sonquark ist meine Erfindung, die das Leben der Menschheit revolutioniert.
Mathilda	Der Lift.
Varnaga	Nach dir, meine liebe Mathilda.
Mathilda	Ihr seid verdammt sture Böcke! Weshalb sagt ihr nicht offen, wie es ist?! Ist es euch im Ernst lieber, dass Andrea Doria und Robin Looney uns auffliegen lassen!
Varnaga	Es ist alles ganz anders, als du glaubst. Du wirst staunen, meine liebe Mathilda, über das, was du da unten siehst.
Mathilda	Da bin ich aber gespannt! (*Beide ab im Lift*)

Szene 4

Alle

Mathilda und Varnaga kommen aus dem Lift, treten ein in ein von Spiegeln glitterndes Panoptikum. Der Labyrinth-Irrgarten voller Spiegelungen entpuppt sich als riesiger, luxuriöser, toll gestylter, separater Salon der Empfangslounge eines Fitnessclubs. Diskrete Musik. Durch Glaswände hindurch und in Spiegeln sieht man fröhliche Menschlein in hübschen Trainingsanzügen umher gehen und sich an Fitnessgeräten abstrampeln. Westbury und Jocelyne sind trunken von glittrigen Eindrücken und staunen orgiastisch, ermuntert von Laconque. Andrea D. und der Kleine sind in einen ruhigen Wortwechsel verwickelt. Amédé reicht Champagner herum. Mathilda ist perplex. Varnaga überblickt kurz die Situation, will Mathilda zur Gruppe um Laconque ziehen und stossen, doch sie neigt eher Andrea D. und dem Kleinen zu.

Mathilda	Wohin führt ihr uns? Jean W.-Lieber, wo sind wir?!

Westbury	Spiel Spiel Spiel und Spiel / Lust / Lust am Spiel / Spiel mit Lust
Jocelyne	Ohh, ahhh, ohhh!
Andrea D.	(*zum Kleinen*) Was ist?
Der Kleine	Raus, Ich will raus. Jäten beim Rosenkohl. Ich muss jäten, sonst ist die Ernte nach dem ersten Frost futsch.
Mathilda	Robin, Andrea Doria, gleich wird mein lieber Jean-W. uns alles erklären.

Der Kleine lacht hämisch. Andrea D. haut ihn in seine Flanke, um ihn zu ermahnen, dass er sich hier gefälligst angemessen aufführen soll.

Westbury	Spiel Spiel Spiel und Spiel
Jocelyne	Ohh, ahhh, ohhh!
Andrea D.	Liebste Mathilda, ich bin ja so gespannt, was unser lieber Jean W. uns jetzt wieder auftischen – entschuldigt, ein Versprecher! – erzählen wird.
Der Kleine	Scheiss drauf.
Mathilda	Jean W.-Liebster, bitte!
Westbury	Spiel Spiel Spiel und Spiel
Jocelyne	Ohh, ahhh, ohhh!
Varnaga	Da gibt es nichts weiter zu erklären. Wer Augen hat, der sehe. Damit hat es sich.
Der Kleine	Sonquark!
Andrea D.	Robin!
Der Kleine	Ist doch wahr!!!
Varnaga	Haben wir etwas zu viel gekifft?!
Laconque	Ihr seht. Das Volk, es strömt. Ja, ja, wir befinden uns hier in einem abgetrennten Teil, einem „bescheidenen" Salon für „besondere Gelegenheiten".
Der Kleine	Ich will dorthin. Ich gehöre zum Volk.

Andrea D. Laconque

Robin!

Verständlich deine Ungeduld. Mit einem flüchtigen Blick erhascht man hier nur einen Bruchteil des Vorhandenen. Deine Neugierde ist so toll. Echt. Kühlen Kopf bewahren und auch hier – und wenn auch alle ihre Köpfe schütteln – nach Sonquark fragen. Solche jungen Leute brauchen wir! Ja, ja, Mathilda-Schatz, ich komme gleich zur Sache. Es gibt nicht viel zu sagen. Ihr seht – ein Fitnesszentrum. Nun kennt ihr das Geheimnis. Riesiger Erfolg. Der Eingang, den wir benutzt haben, ist der kleinste, gleichsam der direkte Zugang vom Schloss her. Es gibt elf weiter Eingänge, alle viel grösser als dieser hier. Zuerst die Lounges, dann die Umkleideräume und – kabinen, anschliessend Duschräume, die als Erlebniswelten gestaltet sind, mit künstlichen Flugzeugen, Zügen, Autos aus feinstem Beton, in deren Innerem Düsen aus jeder Richtung den Körper berieseln und abspritzen. Anschliessend sind die Hallenbäder, als riesige Strände konzipiert, mit künstlichem Himmel, über den Wolken wandert eine Sonne. Palmen und Vogelgezwitscher und alle fünf Minuten bewegt sich das Wasser in Wellen empor. Die Leute lieben es, sind ganz verrückt nach diesen Dingen. Dann gibt es in einem andern Teil unendlich lange Rutschbahnen, in Röhren-, in Trichter- oder Spiralenform, die die Leute ins Wasser gleiten lassen oder sie hinein katapultieren. Und dann, das ist das Herzstück der gesamten Anlage, die

Halle mit den Fitnessgeräten, die als Grossstadt konzipiert ist, wo jedes einzelne Gebäude ein anderes Gerät oder eine Serie von Geräten enthält. Zur Erholung dann gibt es das, was wir die Sinnoasen nennen, Gärten im französischen, im japanischen, im chinesischen, im englischen Stil mit Wegen, Teichen, Brücken, Pavillons, kleinen Tempeln, Blumen, wunderschönen Blumen und Sträuchern.

Jocelyne   Ein Fitness-Paradies! Ein Fitness-Paradies! Ein Fitness-Paradies! Ihr Schlingel, ihr! Verheimlicht uns das Schönste, dieses Fitness-Paradies! Ohne unseren lieben Sturkopf Robin – wo ist er, ach, da – wüssten wir noch heute nichts davon.

Andrea D.   Alle tragen die gleichen Trainer. Alle tragen die gleichen Trainer. Alle tragen die gleichen Trainer.

Westbury   Tuch blau Tuch rot Tuch grün toll / Tuch blau Tuch rot Tuch grün toll / Tuch blau Tuch rot Tuch grün toll

Andrea D.   Ich bin mir sicher, ihr macht den grossen Gewinn zu Lasten der armen Leute.

Laconque   Die Pracht ist echt, die fröhlichen Menschen sind echt. Alles ist echt.

Andrea D.   Unter der Erde.

Laconque   Na ja, irgendwo muss man die Dinge hinstellen. Und die schöne Natur wollen wir nicht verschandeln. Damit unser lieber Robin seinen Rosenkohl anpflanzen kann. – Einzeleintritt vier Groschen. Kinder unter zwölf Jahren gratis. Familienermässigung und so weiter. Doch der eigentliche Clou ist der: wer arbeitslos ist, bezahlt nicht nur

	keinen Eintritt, aber bekommt für jede Stunde die er hier verbringt, achtunddreissig Groschen.
Andrea D.	Achtunddreissig Groschen!!!
Laconque	Jawohl! Wir nehmen unsere soziale Verantwortung wahr.
Andrea D.	Geht der Betrieb dabei nicht pleite?!
Laconque	Wir wollen den Menschen etwas geben. Insbesondere denen, die nicht so gut dran sind wie wir. Du wirst gleich fragen, wer die Betreiber sind. Dein kritischer Geist, Andrea Doria! Die Fitness-Zentren sind ein Teil der Stiftung „Der Salon des Monsieur Westbury". Überraschung für dich, liebstes Mathilda-Täubchen. Auch das gehört dazu. Betrieben werden die Fitness-Zentren von der Well-Being-Consolidated. Sie gehört zum Machine & Body-Konsortium, das wiederum ein Asset der Monte Dolorosa-Holding ist. Alles klar?! Neugierde befriedigt, neugieriges Mädchen?
Andrea D.	Aha. – Und das Blubbern?
Jocelyne	Wir wollen keinen Streit.
Laconque	Wer spricht hier von Streit?! Jeder, jede sagt seine, ihre Meinung und damit hat es sich. Sie will uns im Fegefeuer brutzeln sehn. Doch dann, meine Liebe, brutzelst du mit.
Varnaga	Übrigens, habt ihr bemerkt, die violetten Sonquark-Küchlein braucht man nicht mehr einzunehmen! Die neuste Erfindung. Es genügt, wenn du daran leckst.
Jocelyne	Ah! Als ob ich essen würde. Probier es.
Laconque	Ich kenne es schon.
Varnaga	Du leckst und dir ist, als ob du es gekostet hättest. Nichts mehr von überfülltem

	Magen, Winden, Stuhl und so weiter. Wir arbeiten daran, dass selbst das Lecken sich erübrigt und der Duft allein die Sättigung bringt und die für den Körper notwendigen Nährstoffe gleichsam von dem Objekt der Begierde, das du gerade anschaust, in deinen Körperhaushalt herübergebeamt werden.
Amédé	Der Lift.
Laconque	Bitte, kommt. Ich zeig euch noch etwas. Dann seid ihr frei und könnt nach Lust und Laune auf Entdeckungsreise gehn.
Der Kleine	Bloss etwas begreife ich nicht. Nat wird als der grosse Mäzen gefeiert, ohne den das alles hier nicht möglich gewesen wäre. Dabei hat er keinen Cent bezahlt, keinen müden Cent!!!
Laconque	Kluges Köpfchen, Robin. Dein Robin scheint nicht gecheckt zu haben, dass zwischen uns alles klar ist, nicht wahr, Nat?!
Westbury	Klar klar / klar wie die Sonn
Andrea D.	Wie bitte? Du hast nichts bezahlt?!!!
Westbury	Zahl und Sinn und Sinn und Zahl
Amédé	Der Lift.
Varnaga	Das spielerische Element nicht zu vergessen!
Der Kleine	Obacht Robin! Irgendwie geht das Spiel nicht auf. Wer bezahlt den ganzen Plunder?! Oder, geht es etwa nicht ums Bezahlen? Um etwas ganz anderes. Lebenslust und Poesie … (*Der Kleine zückt sein Notizheft und kritzelt wie wild hinein*)
Westbury	Sinn und Zahl und Spiel / Und Spiel / Sinn und Zahl und Spiel

Amédé   Der Lift.

HERBSTES ENDE

Wahrlich, als mich Mama mit Qual geboren, / Nicht ahnte sie, dass ihr unseliger Sohn / In solche öde Situation geriete –

> *Christian Dietrich Grabbe, Don Juan und Faust, 3. Akt, 3. Szene*

Dann blickte sie über den Tisch und sagte: „Du hast alles ausgetrunken, hast du noch einen Wunsch?"
„Ja. Dich. Komm doch bitte in unsere Wohnung zurück."
Sie beugte sich vor und küsste ihn auf den Mund. „Heute Abend noch, wenn du mir nachher beim Packen hilfst."

> *Andreas Pritzker, Aus der Zeit gefallen. Erzählung aus der Zukunft, BoD 2015, S. 114*

WINTER

Loft der Andrea D.

Szene 1

Andrea D., Amédé

Andrea D. geht nervös auf und ab. Klingeln an der Wohnungstüre. Andrea D. öffnet die Wohnungstüre aufgeregt.

Andrea D.	Ach sie!
Amédé	Sauwetter. Dieser Schnee. Kann ich eintreten?
Andrea D.	Was wollen SIE hier?

Amédé	Komme ich ungelegen?
Andrea D.	Ich vergesse die Stiftungsratssitzung nicht. Sie ist erst morgen.
Amédé	Nein.

Amédé tritt ein, gegen den Willen von Andrea D., schliesst die Türe hinter sich, geht zum Schreibtisch, knallt unter dem erstaunten Blick von Andrea D. eine Zeitung hin und macht sich gemütlich in einem Fauteuil breit. Andrea D. ergreift die Zeitung.

Andrea D.	(*liest laut aus der Zeitung und erschrickt*) Prominenter Wirtschafts- und Finanzkapitän und ehemaliger Initiant der Initiative „klein aber oho!" als Betrüger entlarvt? (*sie verstummt und liest weiter*)
Stimme	(*aus dem Off*) Die Vermutung erhärtet sich, dass Jean W. Laconque, der rührige Alt-Unternehmer und Initiant der Volksinitiative „klein aber oho!", die vor drei Jahren mit einem Stimmenmehr angenommen worden war und den Verfassungsartikel über die Beschränkung der Grösse von Industriebetrieben auf die Höchstzahl von 1'000 Beschäftigten auf transkölanischem Staatsgebiet bewirkte, gegen eben dieses Gesetz mit einem Konglomerat von verschachtelten Firmen und Holdings verstösst. Auf dem Areal von Schloss Warsoi wird als eine Ansammlung von Fitness-Zentren der Well-Being-Consolidated getarnt eine Produktionsstätte für Sonquark mit rund 200'000 Beschäftigten betrieben. Der angebliche Besitzer von Gut Warsoi, Nathanel Westbury, scheint Strohmann zu sein.

Hinter allem steckt Jean W. Laconque, der auch Initiator von „Der Salon des Monsieur Westbury", einer angeblich gemeinnützigen Stiftung, ist. Die Staatsanwaltschaft ist gefordert. Das Volk hat einen Anspruch auf schonungslose Abklärung dieses Verdachts, selbst wenn es sich beim Angeschuldigten um eine national und international bedeutende Persönlichkeit handelt. Die Verantwortlichen müssen zur Rechenschaft gezogen werden.

Andrea D.   Wer hat diesen Scheissartikel geschrieben!!! Da. Kürzel: StA. Was für ein windiger Skribent steckt hinter diesem Kürzel StA?! Scheisse, Scheisse, Scheisse! StA. Wer hat diese Scheisse gekotzt?! Ich hatte Robin immer gesagt, wir müssen losschlagen, bevor es zu spät ist. Jetzt? Was? Scheisse, Scheisse, Scheisse!

Amédé   (*reisst Andrea D. die Zeitung aus der Hand*) Hauptsache, man ist den kriminellen Machenschaften auf der Spur und entlarvt die Missetäter! – Da, da: das Impressum. Da sind die Namen, die sich hinter den Kürzeln verstecken, aufgeführt.

Andrea D.   (*reisst ihm die Zeitung wieder aus der Hand*) StA. Alfons Stolperding. Alfons Stolperding. Er hat mir meine Story geklaut! Wie kommt dieser Arsch dazu?!

Amédé   Wollen wir uns nicht duzen? Ich bin Amédé. Unter Freunden, Andrea Doria, deine Story mit moralinsauren Unter- und Obertönen in einem extrem linken Blättchen hätte nie die Wirkung erzielt, die der kurze, unaufgeregte, sachliche Artikel in der renommierten alten Tante Neue Transkölaner Zeitung, der NTZ, auslöst. Laconque und Varnaga samt Frauen haben sich dünn gemacht. Sind bei Nacht und Nebel in Richtung Moorea verduftet. Im Privatjet. Einzig Mathilda wollte sich der mit Bestimmtheit auf die „Schuldigen" losbreschenden Horden von Medienleuten, Politikern und Strafverfolgungsbehörden stellen. Ich habe fest auf sie einreden müssen, dass auch sie nach Moorea mit abgeflogen ist. Ja, was ich sagen wollte, die Stiftungsratssitzung von morgen fällt somit aus.

Andrea D. (*heulend*) Ich habe monatelang recherchiert, keine Mühen gescheut, diesen Gaunern auf die Schliche zu kommen. Und nun? Ich fasse es nicht! Alle Mühe umsonst. Dieser Alfons Stolperding hat klar Insider-Wissen! Welche Rolle spielt Westbury im Ganzen? Robin ist so verschlossen, kein Sterbenswörtchen zu dem, was tatsächlich interessiert.

Amédé Ärmste Andrea Doria, hättest früher bedenken sollen, als Geliebte dieses Gauners Laconque, der dir diese hübsche Behausung finanziert, wärst du als Enthüllungs-Journalistin kompromittiert gewesen. Keine Zeitung, auch nicht ein linkes Blättchen, hätte einen solchen Artikel von dir bringen können. Übrigens, mein Name ist Alfons Stolperding. Und die NTZ, die ich dir auf den Tisch geknallt habe, ist eine Fälschung, die in riesigster Auflage in der ganzen Stadt verteilt wird, um dem Volk die Augen zu öffnen mit dem Anschein der Seriosität. Ich war ein uneheliches Kind. Mein Vater war Diener hier auf dem Schloss gewesen. Als Kind habe ich zusammen mit Mathilda gespielt. Als sie nach dem Tod von Prinz Paul einen Diener suchte, habe ich mich unter dem Namen meines Vaters bei ihr eingeschlichen und die Stelle bekommen. Andrea, wir ziehen am selben Strick. Wir wollen Gaunern wie Laconque und seinen Gehilfen das Handwerk legen.

Andrea   Mein Name ist Lucia Almadi, erfolglose Journalistin beim Wochenblatt.

Amédé   Ich weiss. Doch so erfolglos bist du nun auch wieder nicht.

Andrea   Ich bin die grösste Niete.

Amédé   Ach wo.

Andrea   Ich habe das mit den unterirdischen Fabriken so lange nicht geschnallt. Ohne Robin wären wir nie weitergekommen, hätten das Skandalöse nie rausgekriegt. Unerhört, wie diese skrupellose Clique sich scheinheilig als sozialkompetente Unternehmer inszeniert, die Initiative „klein aber oho" durchpeitscht, es schafft, dass Grossbetriebe mit über eintausend Angestellten auf dem Boden von Transköl nicht mehr sein dürfen. Angeblich, um die ungezügelt wuchernde Wirtschaft zum Wohle des Volkes zu zähmen. Schalten damit jegliche Konkurrenz aus, um unter der Erde, den Augen des Volkes entzogen, einen Mammutbetrieb mit über zweihunderttausend Angestellten aufzubauen, getarnt als eine Ansammlung von Fitness-Zentren, wo die Leute sich fröhlich und schwitzend an Geräten abstrampeln. Im Glauben, etwas Gutes für ihren Body, ihre Muskeln und ihr Sixpack zu tun. In Wahrheit aber die Maschinen antreiben, die Sonquark produzieren. Arbeitssklaven alle. Sonquark, der für teures Geld weltweit verklickert wird und diese gierige Clique immer reicher macht. Skandal. Skandal. Und als Strohmann wird der ärmste Westbury vorgeschoben.

Szene 2

Andrea D., Amédé, der Kleine

Wildes Klingeln an der Wohnungstüre. Andrea D. schreckt zusammen, Amédé geht zur Türe, öffnet sie vorsichtig.

Amédé	Ach du!
Der Kleine	Chris ist verhaftet! Sauwetter.
Amédé	Erzähl. Komm, setz dich, beruhige dich. Möchtest du einen Kaffee? Du bist ja total durchfroren. Tee mit Rum! Bist du ZU FUSS vom Flughafen bis hierher?
Andrea D.	Chris?
Amédé	Chris Gross. Nathanael Westbury heisst in Wahrheit Chris Gross. Erfolgloser Schriftsteller, den Mr. Procter von Procter & Procter & Procter über eine Schauspielagentur als Marionette für Laconque, diesen Gauner, angeheuert hat.

Andrea D.	Dachte ich es mir doch, ein ahnungsloser Gehilfe, der für einen Job und etwas Pinke-Pinke alles tut. Armes Schwein.
Der Kleine	Von wegen ahnungslos und armes Schwein! Wir wussten, dass der Deal faul ist und wir wollten diese Finanzkapitalistenärsche hochgehen lassen. Von Anfang an war alles klar, doch Chris wollte immer noch etwas warten und noch etwas warten, bis …
Amédé	Bis?
Der Kleine	Wir sind gelandet. Bei der Passkontrolle. Plötzlich standen vier Polizisten mit Maschinengewehren da. Haben ihn abgeführt. Chris hat mir mit einem Blick zu verstehen gegeben, dass ich mich ruhig verhalten soll. Ich habe immer geahnt, es läuft schief. So etwas kann nicht gut gehen. Laconque und seine Clique, das System, die Regierung – dagegen haben wir Kleinen kein Brot! Ich hätte auf dich hören sollen, Andrea Doria. Die Bomben in ihren Fitnesstempel werfen sollen. Jetzt wird etwas gemauschelt werden und das Ganze läuft weiter wie bisher. Die wahren Schuldigen bleiben die Helden und wir werden eingebuchtet! Chris ist ein cooler Typ. Hat einen Roman geschrieben. Ein Flop. Total gutes Buch, doch ein Flop. Er ist pleite. Ohne Perspektiven. Da macht ein Theateragent Chris auf einen Traumjob aufmerksam. Die renommierte Anwalts-kanzlei Procter & Procter & Procter sucht einen Schauspieler, der glaubhaft einen Idioten spielt. Gut ausschaut. Sich in

Gesellschaft zu benehmen weiss. Für ein Bombenhonorar und ein Leben in Saus und Braus. Er muss bloss einen immens reichen Mäzen aus dem Ausland spielen. Viermal im Jahr für je ein paar Tage Einsatz in Transköl auf Schloss Warsoi auftauchen. Chris winkt ab. Er sei kein Schauspieler, Schriftsteller. Der Theateragent grinst. Als Schriftsteller kannst du dich in Menschen hineindenken. Denke dich in einen Idioten hinein, der immens reicht ist und für irgendwelche Mächtigen den Idioten spielt. Ich kenne Chris aus dem Alstair Pub. Wir haben schon oft zusammen gefeiert. Um glaubhaft als immens reicher Idiot aufzutreten braucht er einen Diener. Ich bin Feuer und Flamme. Den Kokon der Bonzen knacken und unterwandern. Heirassa, da bin ich gerne mit dabei. Chris spielt seine Rolle als Verrückter krass cool. Erweist sich aber als lahme Ente. Pocht auf den Vertrag, gemäss dem er den Idioten spielen muss. Da dürfe er nicht ausscheren und plötzlich zum Anarchisten mutieren, der alles über den Haufen wirft. Gleich, was er in seinem Job nun mitbekomme, sei er zu Loyalität verpflichtet und habe über selbst übelste Machenschaften zu schwiegen. Ganz zu schweigen über seine missliche Situation, wenn er diesen Job verliere, weil er sich illoyal verhalte, und wieder vor dem Nichts stehe.

Amédé   Der perfekte Strohmann. Dummerweise hat er die Verträge unterschrieben und ist Besitzer des ganzen Zeugs und damit

	Hängemann. Der Strohmann brennt lichterloh! Die Mühlen der Justiz sind angeworfen.
Der Kleine	Katastrophe.
Amédé	Die, die das Ganze ausgetüftelt haben, sind weg. Der Strohmann ergibt ein heftiges Strohfeuer – dann ist auch er weg, verbrannt, ein Häufchen Asche.
Andrea D.	(*packt Koffer*) Ich muss schleunigst weg von hier.
Der Kleine	Und ich?
Amédé	Alles mit der Ruhe. Keine unnötige Aufregung. Ich bin Jurist.
Andrea D.	Ich denke Journalist!
Der Kleine	Butler.
Amédé	Kompliziert. Ich bin der als Versager geborene Sohn eines Vaters, der Sieger ist. Vati, aber auch Mutti haben mich total überfordert, so bin ich emotional auf Distanz gegangen, hasse Vati und fühle wenig für Mutti und wünsche mir alle anderen Menschen lieber als Eltern wie Vati und Mutti. Dann konnte ich mich nicht entscheiden, was ich werden soll. Ja, und jetzt bin ich hier. Wir dürfen nichts unternehmen, was die Situation von Chris gefährden könnte. Jetzt haben wir ein Problem.
Andrea D.	Wie befreien wir Westbury, Chris?
Amédé	Ihr Linken macht so was mit Bomben, oder? Molotow-Cocktails?
Andrea D.	Dein Rechtsstaat in Ehren, doch braucht er seine Schuldigen, ob sie echt sind oder nicht. Hauptsache, ein Schuldiger hält seinen Kopf hin. Armer Chris. Märtyrer!

Der Kleine	Chris lässt sich nicht auf die Kappe scheissen.
Amédé	Lautet sein Pass auf Nathanael Westbury? Gefälschte Papiere bei der Einreise? Zumindest ist die Todesstrafe in Transköl abgeschafft.
Andrea D.	Den Unbequemen legen sie ein Seil hin, dass sie sich in der Zelle aufhängen dürfen.
Amédé	Linkes Luder!
Der Kleine	Nicht schon wieder. Ich gehe zur Staatsanwaltschaft und erzähle ihnen alles.
Amédé	Dann nehmen sie auch dich fest.
Andrea D.	Da hat er sehr wahrscheinlich recht.
Amédé	Besser, wir verstecken dich. Hier kannst du bleiben. Oder, er kann hier bleiben.
Andrea D.	ICH kann nicht hier bleiben. Die Wohnung lautet auf Laconque. Ich muss zurück in meine ehemalige WG. Falls sie mich dort wieder aufnehmen. Eine Frauen WG. Da kann ich dich, Robin, leider nicht unterbringen.
Amédé	Meine Frau ist etwas zurückhaltend Fremden gegenüber. Ich muss sie fragen, ob ich dich bei uns kurz unterbringen darf.
Der Kleine	Mir hängt es aus. Ich gehe zu meinem Rosenkohl. Der wird jetzt reif zum Pflücken sein. (*will aufbrechen*)

Szene 3

Amédé, Andrea D., der Kleine, Westbury

Es klingelt an der Wohnungstüre. Amédé gibt Zeichen, dass er die Türe öffnet.

Amédé	Für den Fall, dass es die Polizei ist. Chris!
Westbury	Sauwetter.
Der Kleine	Chris!
Andrea D.	Westbury!
Westbury	Schön, dieser Empfang. Jetzt brauche ich einen Whisky. Die Staatsanwaltschaft und ich haben echt geglaubt, dass ich Eigentümer von Warsoi bin. Dann hat ein Klugscheisser das ausschlaggebende Papier unter die Lupe genommen und aufgejault, Obacht, ihr Männer von Athen, die Beglaubigung der Unterschrift fehlt. Wegen eines Formmangels hat die Eigentumsübertragung nie stattgefunden. Und ich bin fein raus. Ich hatte immer diesen Traum gehabt, dass Aktivismus nichts bringt. Dafür hättest du, du frecher Bengel, mich am Liebsten erschlagen. Es ist okay. Die Jugend darf ungestüm sein. Meist schlägt sie daneben. Rechnet zu wenig mit der Macht der Trägheit der einmal vorhandenen Gegebenheiten. Die Dinge darf man reifen lassen. Gärung stellt sich von selber ein, wenn das Gemisch stimmt. Dann kann es hochgehen, von selber – das ist Chemie. Der träumende Wanderer schaut hin und staunt. Unsere Welt verändert sich. Mit etwas Glück ist ein neues System da. Handgreiflichkeiten, Gewalt sind ekelhaft. Mit heiligem Ernst gespieltes Spiel. Bloss keine Ballspiele. Ich habe Angst vor Bällen, die auf mich zufliegen. Dann renne ich davon.
Andrea D.	Und die Bösewichte?

Amédé	Sind sie echt Bösewichte?
Westbury	Mal den Teufel an die Wand. Er bleibt ein Gemälde, eine Illusion.

Szene 4

Alle

Mathilda, Laconque, Jocelyne und Varnaga erscheinen als fröhliche Gespenster.

Westbury	Die Gespenster und ihre Illusionen. Ist unsere Fantasie nicht wunderbar. Wumm – schon katapultiert sie einen mitten in einen herrlich fantastischen Traum hinein!
Andrea D.	Woher kommen sie so plötzlich?
Amédé	Aus diesem Sauwetter draussen?
Laconque	Huu huu huu!
Mathilda	Huu huu huu!
Varnaga	Huu huu huu!
Jocelyne	Huu huu huu! Hätte ich geahnt, dass das Meer hier diese intensive türkise Farbe hat, hätte ich mein goldenes Strandkleid mitgenommen. Und nicht diese High Heels. Aber die Plateausohlen aus Kork.
Laconque	Procter meldet, dass die Lizenzverträge für Sonquark mit Russland, China und Saudiarabien unter Dach und Fach sind. Wir können uns jetzt definitiv aus dem aktiven Geschäft zurückziehen. Wir haben uns genügend gesund gestossen. Die Sauerei überlassen wir den andern. Ha ha ha!

Jocelyne	Und was geschieht mit unseren Fabriken? Werden sie verstaatlicht? Schauderös!
Laconque	Quatsch. Im von uns so klug formulierten Verfassungsartikel steht ausdrücklich, dass Betriebe, die gegen die limitierte Grösse verstossen, ins Eigentum der Beschäftigten fallen. Wobei, tatsächlich gegen das Gesetz habe ich nicht verstossen. Im Gesetz steht geschrieben, „AUF transkölanischem Staatsgebiet" darf es keine Grossbetriebe mehr geben. Doch UNTER dem transkölanischen Staatsgebiet, ich meine es ist eine Ermessens- und Interpretationsfrage. Mein Traum ist, dass das Volk die Herrschaft über diesen Mammutbetrieb übernimmt. Wir hatten die Visionen, nach bestem Wissen und Gewissen umgesetzt – und nach uns die Sintflut! Wir geniessen Moorea!
Jocelyne	Du, Jean W., sozialistisch? Schauderös!
Laconque	Nein, realistisch. Solange die Menschen Spass daran haben, die Arbeit als Fitness weiterzuführen, läuft die Sache und dann, dann wird jemand eine Idee gebären, setzt sie um. Sie läuft gut, schlecht, verquer, wie auch immer und das Menschlein, auch ich, mäandert zwischen den Möglichkeiten herum. Irgendwann ist es gelaufen. Aus. Man lässt los. Bloss nicht daran kleben bleiben.
Amédé	Mathilda ist ein dummes Huhn. Eine so bescheidene, gute, ehrliche Frau. Ist auf diesen Laconque reingefallen. Er hat sich weiss der Kuckuck was darauf eingebildet,

	dass er die „Prinzessin" aus der „nobelsten Familie Transköls" gekrallt hat.
Jocelyne	Du bist ungerecht. Er hat sie vergöttert.
Amédé	Er ist ein widerlicher Emporkömmling. Sein Vater war Schweinezüchter.
Andrea D.	Der Hochmut der gehirngewaschenen Schreiberlinge der NTZ! Oder derer, die als falsche Schreiberlinge falsche Zeitungen machen!
Amédé	Immerhin hat mein Fake-Artikel etwas bewirkt.
Andrea D.	Doch mir die Chance meines Lebens vermasselt!
Amédé	So ist das Leben. Mit Verlusten ist zu rechnen.
Laconque	Vertragt euch.
Amédé	Entschuldige, ich bin nervös.
Andrea D.	Du liebst Mathilda.
Amédé	Ich bewundere sie. Ich wollte all das nicht, ehrlich!
Mathilda	Du hast alles so geplant.
Laconque	Ich habe mein Bestes gegeben und bin offen für die Dynamik, wie sie wirkt. Weben, damit eine Textur entsteht, die das Grundmuster guten Lebens ist. Alleine ist man aufgeschmissen. Gemeinsam entstehen die Geschichten, die das Leben schreibt.
Mathilda	Und Andrea Doria?
Laconque	Ich liebe nur dich, mein Schatz. Für dich tue ich alles. Ich glaubte echt, dass für dich der Erhalt von Warsoi ein Herzenswunsch ist.
Mathilda	Dummkopf. Diese Geschichte war für mich schon immer erledigt.
Laconque	Liebst du diesen Dummkopf, der ich bin?
Jocelyne	So romantisch!

Varnaga	Vergiss Monsieur Westbury!
Jocelyne	Er ist am Körper behaart, wie ein Affe, ehrlich!
Westbury	Bin ich es?
Andrea D.	Nicht traurig sein, du bist schon gut, wie du bist. Und ich gehe als Teppichluder in diese Geschichte ein. Dabei wollte ich echt endlich einmal etwas bewirken.
Varnaga	Zum Glück sind wir weit, weit weg. Wir geniessen die herrlichen Inseln mit dem kristallklaren Wasser. Und diese türkise Farbe des Meeres.
Mathilda	Obacht, Ari. Willst du mein Daylong haben. Sonst bekommst du noch einen Sonnenbrand. Oder gar einen Sonnenstich.
Der Kleine	Jetzt kann ich Rosenkohl pflücken! Fahren wir rasch hin. Ist es okay, wenn ich dann einen Eintopf aus Hühnerfleisch, Rosenkohl und Kartoffeln zubereite? (*Der Kleine und Westbury ab*)

WINTERS UND DES SALON DES MONSIEUR WESTBURYS
ENDE